AF400633

Heinrich von Kleist

Das Bettelweib von Locarno

Der Findling

Die heilige Cäcilie

Der Zweikampf

Heinrich von Kleist: Das Bettelweib von Locarno / Der Findling / Die heilige Cäcilie / Der Zweikampf

Berliner Ausgabe, 2015
Vollständiger, durchgesehener Neusatz mit einer Biographie des Autors
bearbeitet und eingerichtet von Michael Holzinger

Das Bettelweib von Locarno:
Entstanden 1809/10, Erstdruck in: Berliner Abendblätter (Berlin), 1. Jg.,
11.10.1810.
Der Findling:
Entstanden wohl 1811, Erstdruck in den »Erzählungen«.
Die heilige Cäcilie:
Entstanden 1810, Erstdruck in: Berliner Abendblätter (Berlin), 1. Jg.,
15.-17.11.1810.
Der Zweikampf:
Entstanden 1810/11, Erstdruck in den »Erzählungen«.

Herausgeber der Reihe: Michael Holzinger
Reihengestaltung: Viktor Harvion
Umschlaggestaltung unter Verwendung des Bildes:
Heinrich von Kleist (Miniatur von Peter Friedel, 1801)

Gesetzt aus Minion Pro, 11 pt

Das Bettelweib von Locarno

Am Fuße der Alpen, bei Locarno im oberen Italien, befand sich ein altes, einem Marchese gehöriges Schloß, das man jetzt, wenn man vom St. Gotthard kommt, in Schutt und Trümmern liegen sieht: ein Schloß mit hohen und weitläufigen Zimmern, in deren einem einst, auf Stroh, das man ihr unterschüttete, eine alte kranke Frau, die sich bettelnd vor der Tür eingefunden hatte, von der Hausfrau aus Mitleiden gebettet worden war. Der Marchese, der, bei der Rückkehr von der Jagd, zufällig in das Zimmer trat, wo er seine Büchse abzusetzen pflegte, befahl der Frau unwillig, aus dem Winkel, in welchem sie lag, aufzustehen, und sich hinter den Ofen zu verfügen. Die Frau, da sie sich erhob, glitschte mit der Krücke auf dem glatten Boden aus, und beschädigte sich, auf eine gefährliche Weise, das Kreuz; dergestalt, daß sie zwar noch mit unsäglicher Mühe aufstand und quer, wie es vorgeschrieben war, über das Zimmer ging, hinter den Ofen aber, unter Stöhnen und Ächzen, niedersank und verschied.

Mehrere Jahre nachher, da der Marchese, durch Krieg und Mißwachs, in bedenkliche Vermögensumstände geraten war, fand sich ein florentinischer Ritter bei ihm ein, der das Schloß, seiner schönen Lage wegen, von ihm kaufen wollte. Der Marchese, dem viel an dem Handel gelegen war, gab seiner Frau auf, den Fremden in dem obenerwähnten, leerstehenden Zimmer, das sehr schön und prächtig eingerichtet war, unterzubringen. Aber wie betreten war das Ehepaar, als der Ritter mitten in der Nacht, verstört und bleich, zu ihnen herunterkam, hoch und teuer versichernd, daß es in dem Zimmer spuke, indem etwas, das dem Blick unsichtbar gewesen, mit einem Geräusch, als ob es auf Stroh gelegen, im Zimmerwinkel aufgestanden, mit vernehmlichen Schritten, langsam und gebrechlich, quer über das Zimmer gegangen, und hinter dem Ofen, unter Stöhnen und Ächzen, niedergesunken sei.

Der Marchese erschrocken, er wußte selbst nicht recht warum, lachte den Ritter mit erkünstelter Heiterkeit aus, und sagte, er wolle sogleich aufstehen, und die Nacht zu seiner Beruhigung, mit ihm in dem Zimmer zubringen. Doch der Ritter bat um die Gefälligkeit, ihm zu erlauben, daß er auf einem Lehnstuhl, in seinem Schlafzimmer übernachte, und als der Morgen kam, ließ er anspannen, empfahl sich und reiste ab.

Dieser Vorfall, der außerordentliches Aufsehen machte, schreckte auf eine dem Marchese höchst unangenehme Weise, mehrere Käufer ab; dergestalt, daß, da sich unter seinem eigenen Hausgesinde, befremdend und unbegreiflich, das Gerücht erhob, daß es in dem Zimmer, zur Mitternachtsstunde, umgehe, er, um es mit einem entscheidenden Verfahren niederzuschlagen, beschloß, die Sache in der nächsten Nacht selbst zu untersuchen. Demnach ließ er, beim Einbruch der Dämmerung, sein Bett in dem besagten Zimmer aufschlagen, und erharrte, ohne zu schlafen, die Mitternacht. Aber wie erschüttert war er, als er in der Tat, mit dem Schlage der Geisterstunde, das unbegreifliche Geräusch wahrnahm; es war, als ob ein Mensch sich von Stroh, das unter ihm knisterte, erhob, quer über das Zimmer ging, und hinter dem Ofen, unter Geseufz und Geröchel niedersank. Die Marquise, am andern Morgen, da er herunterkam, fragte ihn, wie die Untersuchung abgelaufen; und da er sich, mit scheuen und ungewissen Blicken, umsah, und, nachdem er die Tür verriegelt, versicherte, daß es mit dem Spuk seine Richtigkeit habe: so erschrak sie, wie sie in ihrem Leben nicht getan, und bat ihn, bevor er die Sache verlauten ließe, sie noch einmal, in ihrer Gesellschaft, einer kaltblütigen Prüfung zu unterwerfen. Sie hörten aber samt einem treuen Bedienten, den sie mitgenommen hatten, in der Tat, in der nächsten Nacht dasselbe unbegreifliche, gespensterartige Geräusch; und nur der dringende Wunsch, das Schloß, es koste was es wolle, loszuwerden, vermochte sie, das Entsetzen, das sie ergriff, in Gegenwart ihres Dieners zu unterdrücken, und dem Vorfall irgendeine gleichgültige und zufällige Ursache, die sich entdecken lassen müsse, unterzuschieben. Am Abend des dritten Tages, da beide, um der Sache auf den Grund zu kommen, mit Herzklopfen wieder die Treppe zu dem Fremdenzimmer bestiegen, fand sich zufällig der Haushund, den man von der Kette losgelassen hatte, vor der Tür desselben ein; dergestalt, daß beide, ohne sich bestimmt zu erklären, vielleicht in der unwillkürlichen Absicht, außer sich selbst noch etwas Drittes, Lebendiges, bei sich zu haben, den Hund mit sich in das Zimmer nahmen. Das Ehepaar, zwei Lichter auf dem Tisch, die Marquise unausgezogen, der Marchese Degen und Pistolen, die er aus dem Schrank genommen, neben sich, setzen sich, gegen eilf Uhr, jeder auf sein Bett; und während sie sich mit Gesprächen, so gut sie vermögen, zu unterhalten suchen, legt sich der Hund, Kopf und Beine zusammengekauert, in der Mitte des Zimmers nieder und schläft ein. Drauf, in dem Augenblick der Mitternacht, läßt sich das entsetzliche Geräusch wieder hören; jemand, den kein Mensch mit Augen sehen kann, hebt sich, auf Krücken, im Zimmerwinkel empor; man hört das Stroh, das unter ihm rauscht; und mit dem ersten Schritt: tapp! tapp! erwacht der Hund, hebt sich plötzlich, die Ohren spitzend, vom Boden empor, und knurrend und bellend, grad als ob ein Mensch auf ihn eingeschritten käme, rückwärts gegen den Ofen weicht er aus. Bei diesem Anblick stürzt die Marquise mit sträubenden Haaren, aus dem Zimmer; und während der Marquis, der den Degen ergriffen: wer da? ruft, und da ihm niemand antwortet, gleich einem Rasenden, nach allen Richtungen die

Luft durchhaut läßt sie anspannen, entschlossen, augenblicklich, nach der Stadt abzufahren. Aber ehe sie noch einige Sachen zusammengepackt und aus dem Tore herausgerasselt, sieht sie schon das Schloß ringsum in Flammen aufgehen. Der Marchese, von Entsetzen überreizt, hatte eine Kerze genommen, und dasselbe, überall mit Holz getäfelt wie es war, an allen vier Ecken, müde seines Lebens, angesteckt. Vergebens schickte sie Leute hinein, den Unglücklichen zu retten; er war auf die elendiglichste Weise bereits umgekommen, und noch jetzt liegen, von den Landleuten zusammengetragen, seine weißen Gebeine in dem Winkel des Zimmers, von welchem er das Bettelweib von Locarno hatte aufstehen heißen.

Der Findling

Antonio Piachi, ein wohlhabender Güterhändler in Rom, war genötigt, in seinen Handelsgeschäften zuweilen große Reisen zu machen. Er pflegte dann gewöhnlich *Elvire*, seine junge Frau, unter dem Schutz ihrer Verwandten, daselbst zurückzulassen. Eine dieser Reisen führte ihn mit seinem Sohn Paolo, einem eilfjährigen Knaben, den ihm seine erste Frau geboren hatte, nach Ragusa. Es traf sich, daß hier eben eine pestartige Krankheit ausgebrochen war, welche die Stadt und Gegend umher in großes Schrecken setzte. Piachi, dem die Nachricht davon erst auf der Reise zu Ohren gekommen war, hielt in der Vorstadt an, um sich nach der Natur derselben zu erkundigen. Doch da er hörte, daß das Übel von Tage zu Tage bedenklicher werde, und daß man damit umgehe, die Tore zu sperren; so überwand die Sorge für seinen Sohn alle kaufmännischen Interessen: er nahm Pferde und reisete wieder ab.

Er bemerkte, da er im Freien war, einen Knaben neben seinem Wagen, der, nach Art der Flehenden, die Hände zu ihm ausstreckte und in großer Gemütsbewegung zu sein schien. Piachi ließ halten; und auf die Frage: was er wolle? antwortete der Knabe in seiner Unschuld: er sei angesteckt; die Häscher verfolgten ihn, um ihn ins Krankenhaus zu bringen, wo sein Vater und seine Mutter schon gestorben wären; er bitte um aller Heiligen willen, ihn mitzunehmen, und nicht in der Stadt umkommen zu lassen. Dabei faßte er des Alten Hand, drückte und küßte sie und weinte darauf nieder. Piachi wollte in der ersten Regung des Entsetzens, den Jungen weit von sich schleudern; doch da dieser, in ebendiesem Augenblick, seine Farbe veränderte und ohnmächtig auf den Boden niedersank, so regte sich des guten Alten Mitleid: er stieg mit seinem Sohn aus, legte den Jungen in den Wagen, und fuhr mit ihm fort, obschon er auf der Welt nicht wußte, was er mit demselben anfangen sollte.

Er unterhandelte noch, in der ersten Station, mit den Wirtsleuten, über die Art und Weise, wie er seiner wieder loswerden könne: als er schon auf Befehl der Polizei, welche davon Wind bekommen hatte, arretiert und unter einer Bedeckung, er, sein Sohn und Nicolo, so hieß der kranke Knabe, wieder nach Ragusa zurücktransportiert ward. Alle Vorstellungen von seiten Piachis, über die Grausamkeit dieser Maßregel, halfen zu nichts; in Ragusa angekommen, wurden nunmehr alle drei, unter Aufsicht eines Häschers, nach dem Krankenhause abgeführt, wo er zwar, Piachi, gesund blieb, und Nicolo, der Knabe, sich von dem Übel wieder erholte: sein Sohn aber, der eilfjährige Paolo, von demselben angesteckt ward, und in drei Tagen starb.

Die Tore wurden nun wieder geöffnet und Piachi, nachdem er seinen Sohn begraben hatte, erhielt von der Polizei Erlaubnis, zu reisen. Er bestieg eben, sehr von Schmerz bewegt, den Wagen und nahm, bei dem Anblick des Platzes, der neben ihm leer blieb, sein Schnupftuch heraus, um seine Tränen fließen zu lassen: als Nicolo, mit der Mütze in der Hand, an seinen Wagen trat und ihm eine glückliche Reise wünschte. Piachi beugte sich aus dem Schlage heraus und fragte ihn, mit einer von heftigem Schluchzen unterbrochenen Stimme: ob er mit ihm reisen wollte? Der Junge, sobald er den Alten nur verstanden hatte, nickte und sprach: o ja! sehr gern; und da die Vorsteher des Krankenhauses, auf die Frage des Güterhändlers: ob es dem Jungen wohl erlaubt wäre, einzusteigen? lächelten und versicherten: daß er Gottes Sohn wäre und niemand ihn vermissen würde; so hob ihn Piachi, in einer großen Bewegung, in den Wagen, und nahm ihn, an seines Sohnes Statt, mit sich nach Rom.

Auf der Straße, vor den Toren der Stadt, sah sich der Landmäkler den Jungen erst recht an. Er war von einer besondern, etwas starren Schönheit, seine schwarzen Haare hingen ihm, in schlichten Spitzen, von der Stirn herab, ein Gesicht beschattend, das, ernst und klug, seine Mienen niemals veränderte. Der Alte tat mehrere Fragen an ihn, worauf jener aber nur kurz antwortete: ungesprächig und in sich gekehrt saß er, die Hände in die Hosen gesteckt, im Winkel da, und sah sich, mit gedankenvoll scheuen Blicken, die Gegenstände an, die an dem Wagen vorüberflogen. Von Zeit zu Zeit holte er sich, mit stillen und geräuschlosen Bewegungen, eine Handvoll Nüsse aus der Tasche, die er bei sich trug, und während Piachi sich die Tränen vom Auge wischte, nahm er sie zwischen die Zähne und knackte sie auf.

In Rom stellte ihn Piachi, unter einer kurzen Erzählung des Vorfalls, Elviren, seiner jungen trefflichen Gemahlin vor, welche sich zwar nicht enthalten konnte, bei dem Gedanken an Paolo, ihren kleinen Stiefsohn, den sie sehr geliebt hatte, herzlich zu weinen; gleichwohl aber den Nicolo, so fremd und steif er auch vor ihr stand, an ihre Brust drückte, ihm das Bette, worin jener geschlafen hatte, zum Lager anwies, und sämtliche Kleider desselben zum Geschenk machte. Piachi schickte ihn in die Schule, wo er Schreiben, Lesen und Rechnen lernte, und da er, auf eine leicht begreifliche Weise, den Jungen in dem Maße liebgewonnen, als er ihm teuer zu stehen gekommen war, so adoptierte er ihn, mit Einwilligung der guten Elvire, welche von dem Alten keine Kinder mehr zu erhalten hoffen konnte, schon nach wenigen Wochen, als seinen Sohn. Er dankte späterhin einen Kommis ab, mit dem er, aus mancherlei Gründen, unzufrieden war, und hatte, da er den Nicolo, statt seiner, in dem Comtoir anstellte, die Freude zu sehn, daß derselbe die weitläuftigen Geschäfte, in welchen er verwickelt war, auf das tätigste und vorteilhafteste verwaltete. Nichts hatte der Vater, der ein geschworner Feind aller Bigotterie war, an ihm auszusetzen, als den Umgang mit den Mönchen des Karmeliterklosters, die dem jungen Mann, wegen des beträchtlichen Vermögens das ihm einst, aus der Hinterlassenschaft des Alten, zufallen sollte, mit großer Gunst zugetan waren; und nichts ihrerseits die Mutter, als einen früh, wie es ihr schien, in der Brust desselben sich regenden Hang für das weibliche Geschlecht. Denn schon in seinem funfzehnten Jahre, war er, bei Gelegenheit dieser Mönchsbesuche, die Beute der Verführung einer gewissen *Xaviera Tartini*, Beischläferin ihres Bischofs, geworden, und ob er gleich, durch die strenge Forderung des Alten genötigt, diese Verbindung zerriß, so hatte Elvire doch mancherlei Gründe zu glauben, daß seine Enthaltsamkeit auf diesem gefährlichen Felde nicht eben groß war. Doch da Nicolo sich, in seinem zwanzigsten Jahre, mit *Constanza Parquet*, einer jungen liebenswürdigen Genueserin, Elvirens Nichte, die unter ihrer Aufsicht in Rom erzogen wurde, vermählte, so schien wenigstens das letzte Übel damit an der Quelle verstopft; beide Eltern vereinigten sich in der Zufriedenheit mit ihm, und um ihm davon einen Beweis zu geben, ward ihm eine glänzende Ausstattung zuteil, wobei sie ihm einen beträchtlichen Teil ihres schönen und weitläuftigen Wohnhauses einräumten. Kurz, als Piachi sein sechzigstes Jahr erreicht hatte, tat er das Letzte und Äußerste, was er für ihn tun konnte: er überließ ihm, auf gerichtliche Weise, mit Ausnahme eines kleinen Kapitals, das er sich vorbehielt, das ganze Vermögen, das seinem Güterhandel zum Grunde lag, und zog sich, mit seiner treuen, trefflichen Elvire, die wenige Wünsche in der Welt hatte, in den Ruhestand zurück.

Elvire hatte einen stillen Zug von Traurigkeit im Gemüt, der ihr aus einem rührenden Vorfall, aus der Geschichte ihrer Kindheit, zurückgeblieben war. Philippo Parquet, ihr Vater, ein bemittelter Tuchfärber in Genua, bewohnte ein Haus, das, wie es sein Handwerk erforderte, mit der hinteren Seite hart an den, mit Quadersteinen eingefaßten, Rand des Meeres stieß; große, am Giebel eingefugte Balken, an welchen die gefärbten Tücher aufgehängt wurden, liefen, mehrere Ellen weit, über die See hinaus. Einst, in einer unglücklichen Nacht, da Feuer das Haus ergriff, und gleich, als ob es von Pech und Schwefel erbaut wäre, zu gleicher Zeit in allen Gemächern, aus welchen es zusammengesetzt war, emporknitterte, flüchtete sich, überall von Flammen geschreckt, die dreizehnjährige Elvire von Treppe zu Treppe, und befand sich, sie wußte selbst nicht wie, auf einem dieser Balken. Das arme Kind wußte, zwischen Himmel und Erde schwebend, gar nicht, wie es sich retten sollte; hinter ihr der brennende Giebel, dessen Glut, vom

Winde gepeitscht, schon den Balken angefressen hatte, und unter ihr die weite, öde, entsetzliche See. Schon wollte sie sich allen Heiligen empfehlen und unter zwei Übeln das kleinere wählend, in die Fluten hinabspringen; als plötzlich ein junger Genueser, vom Geschlecht der Patrizier, am Eingang erschien, seinen Mantel über den Balken warf, sie umfaßte, und sich, mit ebensoviel Mut als Gewandtheit, an einem der feuchten Tücher, die von dem Balken niederhingen, in die See mit ihr herabließ. Hier griffen Gondeln, die auf dem Hafen schwammen, sie auf, und brachten sie, unter vielem Jauchzen des Volks, ans Ufer; doch es fand sich, daß der junge Held, schon beim Durchgang durch das Haus, durch einen vom Gesims desselben herabfallenden Stein, eine schwere Wunde am Kopf empfangen hatte, die ihn auch bald, seiner Sinne nicht mächtig, am Boden niederstreckte. Der Marquis, sein Vater, in dessen Hotel er gebracht ward, rief, da seine Wiederherstellung sich in die Länge zog, Ärzte aus allen Gegenden Italiens herbei, die ihn zu verschiedenen Malen trepanierten und ihm mehrere Knochen aus dem Gehirn nahmen; doch alle Kunst war, durch eine unbegreifliche Schickung des Himmels, vergeblich: er erstand nur selten an der Hand Elvirens, die seine Mutter zu seiner Pflege herbeigerufen hatte, und nach einem dreijährigen höchst schmerzenvollen Krankenlager, während dessen das Mädchen nicht von seiner Seite wich, reichte er ihr noch einmal freundlich die Hand und verschied.

Piachi, der mit dem Hause dieses Herrn in Handelsverbindungen stand, und Elviren ebendort, da sie ihn pflegte, kennengelernt und zwei Jahre darauf geheiratet hatte, hütete sich sehr, seinen Namen vor ihr zu nennen, oder sie sonst an ihn zu erinnern, weil er wußte, daß es ihr schönes und empfindliches Gemüt auf das heftigste bewegte. Die mindeste Veranlassung, die sie auch nur von fern an die Zeit erinnerte, da der Jüngling für sie litt und starb, rührte sie immer bis zu Tränen, und alsdann gab es keinen Trost und keine Beruhigung für sie; sie brach, wo sie auch sein mochte, auf, und keiner folgte ihr, weil man schon erprobt hatte, daß jedes andere Mittel vergeblich war, als sie still für sich, in der Einsamkeit, ihren Schmerz ausweinen zu lassen. Niemand, außer Piachi, kannte die Ursache dieser sonderbaren und häufigen Erschütterungen, denn niemals, solange sie lebte, war ein Wort, jene Begebenheit betreffend, über ihre Lippen gekommen. Man war gewohnt, sie auf Rechnung eines überreizten Nervensystems zu setzen, das ihr aus einem hitzigen Fieber, in welches sie gleich nach ihrer Verheiratung verfiel, zurückgeblieben war, und somit allen Nachforschungen über die Veranlassung derselben ein Ende zu machen.

Einstmals war Nicolo, mit jener Xaviera Tartini, mit welcher er, trotz des Verbots des Vaters, die Verbindung nie ganz aufgegeben hatte, heimlich, und ohne Vorwissen seiner Gemahlin, unter der Vorspiegelung, daß er bei einem Freund eingeladen sei, auf dem Karneval gewesen und kam, in der Maske eines genuesischen Ritters, die er zufällig gewählt hatte, spät in der Nacht, da schon alles schlief, in sein Haus zurück. Es traf sich, daß dem Alten plötzlich eine Unpäßlichkeit zugestoßen war, und Elvire, um ihm zu helfen, in Ermangelung der Mägde, aufgestanden, und in den Speisesaal gegangen war, um ihm eine Flasche mit Essig zu holen. Eben hatte sie einen Schrank, der in dem Winkel stand, geöffnet, und suchte, auf der Kante eines Stuhles stehend, unter den Gläsern und Caravinen umher: als Nicolo die Tür sacht öffnete, und mit einem Licht, das er sich auf dem Flur angesteckt hatte, mit Federhut, Mantel und Degen, durch den Saal ging. Harmlos, ohne Elviren zu sehen, trat er an die Tür, die in sein Schlafgemach führte, und bemerkte eben mit Bestürzung, daß sie verschlossen war: als Elvire hinter ihm, mit Flaschen und Gläsern, die sie in der Hand hielt, wie durch einen unsichtbaren Blitz getroffen, bei seinem Anblick von dem Schemel, auf welchem sie stand, auf das Getäfel des Bodens niederfiel. Nicolo, von Schrecken bleich, wandte sich um und wollte der Unglücklichen beispringen; doch da das Geräusch, das sie gemacht hatte, notwendig den Alten herbeiziehen mußte, so unterdrückte die Besorgnis, einen Verweis von ihm zu erhalten, alle andere Rücksichten: er riß ihr, mit verstörter Beeiferung, ein Bund Schlüssel von der Hüfte, das sie bei sich trug, und einen gefunden, der paßte, warf er den Bund in den Saal zurück und verschwand. Bald darauf, da Piachi, krank wie er war, aus dem Bette gesprungen war, und sie aufgehoben hatte, und auch Bediente und Mägde, von ihm zusammengeklingelt, mit Licht erschienen waren, kam auch Nicolo in seinem Schlafrock, und fragte, was vorgefallen sei; doch da Elvire, starr vor Entsetzen, wie ihre Zunge war, nicht sprechen konnte, und außer ihr nur er selbst noch Auskunft auf diese Frage geben konnte, so blieb der Zusammenhang der Sache in ein ewiges Geheimnis gehüllt; man trug Elviren, die an allen Gliedern zitterte, zu Bett, wo sie mehrere Tage lang an einem heftigen Fieber darniederlag, gleichwohl aber durch die natürliche Kraft ihrer Gesundheit den Zufall überwand, und bis auf eine sonderbare Schwermut, die ihr zurückblieb, sich ziemlich wieder erholte.

So verfloß ein Jahr, als Constanze, Nicolos Gemahlin, niederkam, und samt dem Kinde, das sie geboren hatte, in den Wochen starb. Dieser Vorfall, bedauernswürdig an sich, weil ein tugendhaftes und wohlerzogenes Wesen verlorenging, war es doppelt, weil er den beiden Leidenschaften Nicolos, seiner Bigotterie und seinem Hange zu den Weibern, wieder Tor und Tür öffnete. Ganze Tage lang trieb er sich wieder, unter dem Vorwand, sich zu trösten, in den Zellen der Karmelitermönche umher, und gleichwohl wußte man, daß er während der Lebzeiten seiner Frau, nur mit geringer Liebe und Treue an ihr gehangen hatte. Ja, Constanze war noch nicht unter der Erde, als Elvire schon zur Abendzeit, in Geschäften des bevorstehenden Begräbnisses in sein Zimmer tretend, ein Mädchen bei ihm fand, das, geschürzt und geschminkt, ihr als die Zofe der Xaviera Tartini nur zu wohl bekannt war. Elvire schlug bei diesem Anblick die Augen nieder, kehrte sich, ohne ein Wort zu sagen, um, und verließ das Zimmer; weder Piachi, noch sonst jemand, erfuhr ein Wort von diesem Vorfall, sie begnügte sich, mit betrübtem Herzen bei der Leiche Constanzens, die den Nicolo sehr geliebt hatte, niederzuknien und zu weinen. Zufällig aber traf es sich, daß Piachi, der in der Stadt gewesen war, beim Eintritt in sein Haus dem Mädchen begegnete, und da er wohl merkte, was sie hier zu schaffen gehabt hatte, sie heftig anging und ihr halb mit List, halb mit Gewalt, den Brief, den sie bei sich trug, abgewann. Er ging auf sein Zimmer, um ihn zu lesen, und fand, was er vorausgesehen hatte, eine dringende Bitte Nicolos an Xaviera, ihm, behufs einer Zusammenkunft, nach der er sich sehne, gefälligst Ort und Stunde zu bestimmen. Piachi setzte sich nieder und antwortete, mit verstellter Schrift, im Namen Xavieras: »gleich, noch vor Nacht, in der Magdalenenkirche.« – siegelte diesen Zettel mit einem fremden Wappen zu, und ließ ihn, gleich als ob er von der Dame käme, in Nicolos Zimmer abgeben. Die List glückte vollkommen; Nicolo nahm augenblicklich seinen Mantel, und begab sich in Vergessenheit Constanzens, die im Sarg ausgestellt war, aus dem Hause. Hierauf bestellte Piachi, tief entwürdigt, das feierliche, für den kommenden Tag festgesetzte Leichenbegängnis ab, ließ die Leiche, so wie sie ausgesetzt war, von einigen Trägern aufheben, und bloß von Elviren, ihm und einigen Verwandten begleitet, ganz in der Stille in dem Gewölbe der Magdalenenkirche, das für sie bereitet war, beisetzen. Nicolo, der in dem Mantel gehüllt, unter den Hallen der Kirche stand, und zu seinem Erstaunen einen ihm wohlbekannten Leichenzug herannahen sah, fragte den Alten, der dem Sarge folgte: was dies bedeute? und wen man heranträge? Doch dieser, das Gebetbuch in der Hand, ohne das Haupt zu erheben, antwortete bloß: Xaviera Tartini: – worauf die Leiche, als ob Nicolo gar nicht gegenwärtig wäre, noch einmal entdeckelt, durch die Anwesenden gesegnet, und alsdann versenkt und in dem Gewölbe verschlossen ward.

Dieser Vorfall, der ihn tief beschämte, erweckte in der Brust des Unglücklichen einen brennenden Haß gegen Elviren; denn ihr glaubte er den Schimpf, den ihm der Alte vor allem Volk angetan hatte, zu verdanken zu haben. Mehrere Tage lang sprach Piachi kein Wort mit ihm; und da er gleichwohl, wegen der Hinterlassenschaft Constanzens, seiner Geneigtheit und Gefälligkeit bedurfte: so sah er sich genötigt, an einem Abend des Alten

Hand zu ergreifen und ihm mit der Miene der Reue, unverzüglich und auf immerdar, die Verabschiedung der Xaviera anzugeloben. Aber dies Versprechen war er wenig gesonnen zu halten; vielmehr schärfte der Widerstand, den man ihm entgegensetzte, nur seinen Trotz, und übte ihn in der Kunst, die Aufmerksamkeit des redlichen Alten zu umgehen. Zugleich war ihm Elvire niemals schöner vorgekommen, als in dem Augenblick, da sie, zu seiner Vernichtung, das Zimmer, in welchem sich das Mädchen befand, öffnete und wieder schloß. Der Unwille, der sich mit sanfter Glut auf ihren Wangen entzündete, goß einen unendlichen Reiz über ihr mildes, von Affekten nur selten bewegtes Antlitz; es schien ihm unglaublich, daß sie, bei soviel Lockungen dazu, nicht selbst zuweilen auf dem Wege wandeln sollte, dessen Blumen zu brechen er eben so schmählich von ihr gestraft worden war. Er glühte vor Begierde, ihr, falls dies der Fall sein sollte, bei dem Alten denselben Dienst zu erweisen, als sie ihm, und bedurfte und suchte nichts, als die Gelegenheit, diesen Vorsatz ins Werk zu richten.

Einst ging er, zu einer Zeit, da gerade Piachi außer dem Hause war, an Elvirens Zimmer vorbei, und hörte, zu seinem Befremden, daß man darin sprach. Von raschen, heimtückischen Hoffnungen durchzuckt, beugte er sich mit Augen und Ohren gegen das Schloß nieder, und – Himmel! was erblickte er? Da lag sie, in der Stellung der Verzückung, zu jemandes Füßen, und ob er gleich die Person nicht erkennen konnte, so vernahm er doch ganz deutlich, recht mit dem Akzent der Liebe ausgesprochen, das geflüsterte Wort: Colino. Er legte sich mit klopfendem Herzen in das Fenster des Korridors, von wo aus er, ohne seine Absicht zu verraten, den Eingang des Zimmers beobachten konnte; und schon glaubte er, bei einem Geräusch, das sich ganz leise am Riegel erhob, den unschätzbaren Augenblick, da er die Scheinheilige entlarven könne gekommen: als, statt des Unbekannten den er erwartete, Elvire selbst, ohne irgendeine Begleitung, mit einem ganz gleichgültigen und ruhigen Blick, den sie aus der Ferne auf ihn warf, aus dem Zimmer hervortrat. Sie hatte ein Stück selbstgewebter Leinwand unter dem Arm; und nachdem sie das Gemach, mit einem Schlüssel, den sie sich von der Hüfte nahm, verschlossen hatte, stieg sie ganz ruhig, die Hand ans Geländer gelehnt, die Treppe hinab. Diese Verstellung, diese scheinbare Gleichgültigkeit, schien ihm der Gipfel der Frechheit und Arglist, und kaum war sie ihm aus dem Gesicht, als er schon lief, einen Hauptschlüssel herbeizuholen, und nachdem er die Umringung, mit scheuen Blicken, ein wenig geprüft hatte, heimlich die Tür des Gemachs öffnete. Aber wie erstaunte er, als er alles leer fand, und in allen vier Winkeln, die er durchspähte, nichts, das einem Menschen auch nur ähnlich war, entdeckte: außer dem Bild eines jungen Ritters in Lebensgröße, das in einer Nische der Wand, hinter einem rotseidenen Vorhang, von einem besondern Lichte bestrahlt, aufgestellt war. Nicolo erschrak, er wußte selbst nicht warum: und eine Menge von Gedanken fuhren ihm, den großen Augen des Bildes, das ihn starr ansah, gegenüber, durch die Brust: doch ehe er sie noch gesammelt und geordnet hatte, ergriff ihn schon Furcht, von Elviren entdeckt und gestraft zu werden; er schloß, in nicht geringer Verwirrung, die Tür wieder zu, und entfernte sich.

Je mehr er über diesen sonderbaren Vorfall nachdachte, je wichtiger ward ihm das Bild, das er entdeckt hatte, und je peinlicher und brennender ward die Neugierde in ihm, zu wissen, wer damit gemeint sei. Denn er hatte sie, im ganzen Umriß ihrer Stellung auf Knien liegen gesehen; und es war nur zu gewiß, daß derjenige, vor dem dies geschehen war, die Gestalt des jungen Ritters auf der Leinwand war. In der Unruhe des Gemüts, die sich seiner bemeisterte, ging er zu Xaviera Tartini, und erzählte ihr die wunderbare Begebenheit, die er erlebt hatte. Diese, die in dem Interesse, Elviren zu stürzen, mit ihm zusammentraf, indem alle Schwierigkeiten, die sie in ihrem Umgang fanden, von ihr herrührten, äußerte den Wunsch, das Bild, das in dem Zimmer derselben aufgestellt war, einmal zu sehen. Denn einer ausgebreiteten Bekanntschaft unter den Edelleuten Italiens konnte sie sich rühmen, und falls derjenige, der hier in Rede stand, nur irgend einmal in Rom gewesen und von einiger Bedeutung war, so durfte sie hoffen, ihn zu kennen. Es fügte sich auch bald, daß die beiden Eheleute Piachi, da sie einen Verwandten besuchen wollten, an einem Sonntag auf das Land reiseten, und kaum wußte Nicolo auf diese Weise das Feld rein, als er schon zu Xavieren eilte, und diese mit einer kleinen Tochter, die sie von dem Kardinal hatte, unter dem Vorwande, Gemälde und Stickereien zu besehen, als eine fremde Dame in Elvirens Zimmer führte. Doch wie betroffen war Nicolo, als die kleine Klara (so hieß die Tochter), sobald er nur den Vorhang erhoben hatte, ausrief: »Gott, mein Vater! Signor Nicolo, wer ist das anders, als Sie?« – Xaviera verstummte. Das Bild, in der Tat, je länger sie es ansah, hatte eine auffallende Ähnlichkeit mit ihm: besonders wenn sie sich ihn, wie ihrem Gedächtnis gar wohl möglich war, in dem ritterlichen Aufzug dachte, in welchem er, vor wenigen Monaten, heimlich mit ihr auf dem Karneval gewesen war. Nicolo versuchte ein plötzliches Erröten, das sich über seine Wangen ergoß, wegzuspotten; er sagte, indem er die Kleine küßte: wahrhaftig, liebste Klara, das Bild gleicht mir, wie du demjenigen, der sich deinen Vater glaubt! – Doch Xaviera, in deren Brust das bittere Gefühl der Eifersucht rege geworden war, warf einen Blick auf ihn; sie sagte, indem sie vor den Spiegel trat, zuletzt sei es gleichgültig, wer die Person sei; empfahl sich ihm ziemlich kalt und verließ das Zimmer.

Nicolo verfiel, sobald Xaviera sich entfernt hatte, in die lebhafteste Bewegung über diesen Auftritt. Er erinnerte sich, mit vieler Freude, der sonderbaren und lebhaften Erschütterung, in welche er, durch die phantastische Erscheinung jener Nacht, Elviren versetzt hatte. Der Gedanke, die Leidenschaft dieser, als ein Muster der Tugend umwandelnden Frau erweckt zu haben, schmeichelte ihn fast ebensosehr, als die Begierde, sich an ihr zu rächen; und da sich ihm die Aussicht eröffnete, mit einem und demselben Schlage beide, das eine Gelüst, wie das andere, zu befriedigen, so erwartete er mit vieler Ungeduld Elvirens Wiederkunft, und die Stunde, da ein Blick in ihr Auge seine schwankende Überzeugung krönen würde. Nichts störte ihn in dem Taumel, der ihn ergriffen hatte, als die bestimmte Erinnerung, daß Elvire das Bild, vor dem sie auf Knien lag, damals, als er sie durch das Schlüsselloch belauschte: Colino, genannt hatte; doch auch in dem Klang dieses, im Lande nicht eben gebräuchlichen Namens, lag mancherlei, das sein Herz, er wußte nicht warum, in süße Träume wiegte, und in der Alternative, einem von beiden Sinnen, seinem Auge oder seinem Ohr zu mißtrauen, neigte er sich, wie natürlich, zu demjenigen hinüber, der seiner Begierde am lebhaftesten schmeichelte.

Inzwischen kam Elvire erst nach Verlauf mehrerer Tage von dem Lande zurück, und da sie aus dem Hause des Vetters, den sie besucht hatte, eine junge Verwandte mitbrachte, die sich in Rom umzusehen wünschte, so warf sie, mit Artigkeiten gegen diese beschäftigt, auf Nicolo, der sie sehr freundlich aus dem Wagen hob, nur einen flüchtigen nichtsbedeutenden Blick. Mehrere Wochen, der Gastfreundin, die man bewirtete, aufgeopfert, vergingen in einer dem Hause ungewöhnlichen Unruhe; man besuchte, in- und außerhalb der Stadt, was einem Mädchen, jung und lebensfroh, wie sie war, merkwürdig sein mochte; und Nicolo, seiner Geschäfte im Comtoir halber, zu allen diesen kleinen Fahrten nicht eingeladen, fiel wieder, in bezug auf Elviren, in die übelste Laune zurück. Er begann wieder, mit den bittersten und quälendsten Gefühlen, an den Unbekannten zurückzudenken, den sie in heimlicher Ergebung vergötterte; und dies Gefühl zerriß besonders am Abend der längst mit Sehnsucht erharrten Abreise jener jungen Verwandten sein verwildertes Herz, da Elvire, statt nun mit ihm zu sprechen, schweigend, während einer ganzen Stunde, mit einer kleinen, weiblichen Arbeit beschäftigt, am Speisetisch saß. Es traf sich, daß Piachi, wenige Tage zuvor, nach einer Schachtel mit kleinen, elfenbeinernen Buchstaben gefragt hatte, vermittelst welcher Nicolo in seiner Kindheit unterrichtet worden, und die dem Alten nun, weil sie niemand mehr brauchte, in den Sinn gekommen war, an ein kleines Kind in der Nachbarschaft zu verschenken. Die Magd, der man aufgegeben hatte, sie, unter vielen anderen, alten Sachen, aufzusuchen, hatte inzwischen nicht mehr gefunden, als die sechs, die den Namen: Nicolo ausmachen; wahrscheinlich weil die andern, ihrer geringeren Beziehung auf den Knaben wegen, minder in acht genommen und, bei welcher Gelegenheit es sei, verschleudert worden waren. Da nun Nicolo die Lettern, welche seit mehreren Tagen auf dem Tisch lagen, in die Hand nahm, und während er, mit dem Arm auf die Platte gestützt, in trüben Gedanken brütete, damit spielte, fand er – zufällig, in der Tat, selbst, denn er erstaunte darüber, wie er noch in seinem Leben nicht getan – die Verbindung heraus, welche den Namen: *Colino* bildet. Nicolo, dem die logogryphische Eigenschaft seines Namens fremd war, warf, von rasenden Hoffnungen von neuem getroffen, einen ungewissen und scheuen Blick auf die ihm zur Seite sitzende Elvire. Die Übereinstimmung, die sich zwischen beiden Wörtern angeordnet fand, schien ihm mehr als ein bloßer Zufall, er erwog, in unterdrückter Freude, den Umfang dieser sonderbaren Entdeckung, und harrte, die Hände vom Tisch genommen, mit klopfendem Herzen des Augenblicks, da Elvire aufsehen und den Namen, der offen dalag, erblicken würde. Die Erwartung, in der er stand, täuschte ihn auch keineswegs; denn kaum hatte Elvire, in einem müßigen Moment, die Aufstellung der Buchstaben bemerkt, und harmlos und gedankenlos, weil sie ein wenig kurzsichtig war, sich näher darüber hingebeugt, um sie zu lesen: als sie schon Nicolos Antlitz, der in scheinbarer Gleichgültigkeit darauf niedersah, mit einem sonderbar beklommenen Blick überflog, ihre Arbeit, mit einer Wehmut, die man nicht beschreiben kann, wieder aufnahm, und, unbemerkt wie sie sich glaubte, eine Träne nach der anderen, unter sanftem Erröten, auf ihren Schoß fallen ließ. Nicolo, der alle diese innerlichen Bewegungen, ohne sie anzusehen, beobachtete, zweifelte gar nicht mehr, daß sie unter dieser Versetzung der Buchstaben nur seinen eignen Namen verberge. Er sah sie die Buchstaben mit einemmal sanft übereinanderschieben, und seine wilden Hoffnungen erreichten den Gipfel der Zuversicht, als sie aufstand, ihre Handarbeit weglegte und in ihr Schlafzimmer verschwand. Schon wollte er aufstehen und ihr dahin folgen: als Piachi eintrat, und von einer Hausmagd, auf die Frage, wo Elvire sei? zur Antwort erhielt: »daß sie sich nicht wohl befinde und sich auf das Bett gelegt habe.« Piachi, ohne eben große Bestürzung zu zeigen, wandte sich um, und ging, um zu sehen, was sie mache; und da er nach einer Viertelstunde, mit der Nachricht, daß sie nicht zu Tische kommen würde, wiederkehrte und weiter kein Wort darüber verlor: so glaubte Nicolo den Schlüssel zu allen rätselhaften Auftritten dieser Art, die er erlebt hatte, gefunden zu haben.

Am andern Morgen, da er, in seiner schändlichen Freude, beschäftigt war, den Nutzen, den er aus dieser Entdeckung zu ziehen hoffte, zu überlegen, erhielt er ein Billet von Xavieren, worin sie ihn bat, zu ihr zu kommen, indem sie ihm, Elviren betreffend, etwas, das ihm interessant sein würde, zu eröffnen hätte. Xaviera stand, durch den Bischof, der sie unterhielt, in der engsten Verbindung mit den Mönchen des Karmeliterklosters; und da seine Mutter in diesem Kloster zur Beichte ging, so zweifelte er nicht, daß es jener möglich gewesen wäre, über die geheime Geschichte ihrer Empfindungen Nachrichten, die seine unnatürlichen Hoffnungen bestätigen konnten, einzuziehen. Aber wie unangenehm, nach einer sonderbaren schalkhaften Begrüßung Xavierens, ward er aus der Wiege genommen, als sie ihn lächelnd auf den Diwan, auf welchem sie saß, niederzog, und ihm sagte: sie müsse ihm nur eröffnen, daß der Gegenstand von Elvirens Liebe ein, schon seit zwölf Jahren, im Grabe schlummernder Toter sei. – Aloysius, Marquis von Montferrat, dem ein Oheim zu Paris, bei dem er erzogen worden war, den Zunamen *Collin*, späterhin in Italien scherzhafterweise in *Colino* umgewandelt, gegeben hatte, war das Original des Bildes, das er in der Nische, hinter dem rotseidenen Vorhang, in Elvirens Zimmer entdeckt hatte; der junge, genuesische Ritter, der sie, in ihrer Kindheit, auf so edelmütige Weise aus dem Feuer gerettet und an den Wunden, die er dabei empfangen hatte, gestorben war. – Sie setzte hinzu, daß sie ihn nur bitte, von diesem Geheimnis weiter keinen Gebrauch zu machen, indem es ihr, unter dem Siegel der äußersten Verschwiegenheit, von einer Person, die selbst kein eigentliches Recht darüber habe, im Karmeliterkloster anvertraut worden sei. Nicolo versicherte, indem Blässe und Röte auf seinem Gesicht wechselten, daß sie nichts zu befürchten habe; und gänzlich außerstand, wie er war, Xavierens schelmischen Blicken gegenüber, die Verlegenheit, in welche ihn diese Eröffnung gestürzt hatte, zu verbergen, schützte er ein Geschäft vor, das ihn abrufe, nahm, unter einem häßlichen Zucken seiner Oberlippe, seinen Hut, empfahl sich und ging ab.

Beschämung, Wollust und Rache vereinigten sich jetzt, um die abscheulichste Tat, die je verübt worden ist, auszubrüten. Er fühlte wohl, daß Elvirens reiner Seele nur durch einen Betrug beizukommen sei; und kaum hatte ihm Piachi, der auf einige Tage aufs Land ging, das Feld geräumt, als er auch schon Anstalten traf, den satanischen Plan, den er sich ausgedacht hatte, ins Werk zu richten. Er besorgte sich genau denselben Anzug wieder, in welchem er, vor wenig Monaten, da er zur Nachtzeit heimlich vom Karneval zurückkehrte, Elviren erschienen war; und Mantel, Collet und Federhut, genuesischen Zuschnitts, genau so, wie sie das Bild trug, umgeworfen, schlich er sich, kurz vor dem Schlafengehen, in Elvirens Zimmer, hing ein schwarzes Tuch über das in der Nische stehende Bild, und wartete, einen Stab in der Hand, ganz in der Stellung des gemalten jungen Patriziers,

Elvirens Vergötterung ab. Er hatte auch, im Scharfsinn seiner schändlichen Leidenschaft, ganz richtig gerechnet; denn kaum hatte Elvire, die bald darauf eintrat, nach einer stillen und ruhigen Entkleidung, wie sie gewöhnlich zu tun pflegte, den seidnen Vorhang, der die Nische bedeckte, eröffnet und ihn erblickt: als sie schon: Colino! Mein Geliebter! rief und ohnmächtig auf das Getäfel des Bodens niedersank. Nicolo trat aus der Nische hervor; er stand einen Augenblick, im Anschauen ihrer Reize versunken, und betrachtete ihre zarte, unter dem Kuß des Todes plötzlich erblassende Gestalt: hob sie aber bald, da keine Zeit zu verlieren war, in seinen Armen auf, und trug sie, indem er das schwarze Tuch von dem Bild herabriß, auf das im Winkel des Zimmers stehende Bett. Dies abgetan, ging er, die Tür zu verriegeln, fand aber, daß sie schon verschlossen war; und sicher, daß sie auch nach Wiederkehr ihrer verstörten Sinne, seiner phantastischen, dem Ansehen nach überirdischen Erscheinung keinen Widerstand leisten würde, kehrte er jetzt zu dem Lager zurück, bemüht, sie mit heißen Küssen auf Brust und Lippen aufzuwecken. Aber die Nemesis, die dem Frevel auf dem Fuß folgt, wollte, daß Piachi, den der Elende noch auf mehrere Tage entfernt glaubte, unvermutet, in ebendieser Stunde, in seine Wohnung zurückkehren mußte; leise, da er Elviren schon schlafen glaubte, schlich er durch den Korridor heran, und da er immer den Schlüssel bei sich trug, so gelang es ihm, plötzlich, ohne daß irgendein Geräusch ihn angekündigt hätte, in das Zimmer einzutreten. Nicolo stand wie vom Donner gerührt; er warf sich, da seine Büberei auf keine Weise zu bemänteln war, dem Alten zu Füßen, und bat ihn, unter der Beteurung, den Blick nie wieder zu seiner Frau zu erheben, um Vergebung. Und in der Tat war der Alte auch geneigt, die Sache still abzumachen; sprachlos, wie ihn einige Worte Elvirens gemacht hatten, die sich von seinen Armen umfaßt, mit einem entsetzlichen Blick, den sie auf den Elenden warf, erholt hatte, nahm er bloß, indem er die Vorhänge des Bettes, auf welchem sie ruhte, zuzog, die Peitsche von der Wand, öffnete ihm die Tür und zeigte ihm den Weg, den er unmittelbar wandern sollte. Doch dieser, eines Tartüffe völlig würdig, sah nicht so bald, daß auf diesem Wege nichts auszurichten war, als er plötzlich vom Fußboden erstand und erklärte: an ihm, dem Alten, sei es, das Haus zu räumen, denn er durch vollgültige Dokumente eingesetzt, sei der Besitzer und werde sein Recht, gegen wen immer auf der Welt es sei, zu behaupten wissen! – Piachi traute seinen Sinnen nicht; durch diese unerhörte Frechheit wie entwaffnet, legte er die Peitsche weg, nahm Hut und Stock, lief augenblicklich zu seinem alten Rechtsfreund, dem Doktor Valerio, klingelte eine Magd heraus, die ihm öffnete, und fiel, da er sein Zimmer erreicht hatte, bewußtlos, noch ehe er ein Wort vorgebracht hatte, an seinem Bette nieder. Der

Doktor, der ihn und späterhin auch Elviren in seinem Hause aufnahm, eilte gleich am andern Morgen, die Festsetzung des höllischen Bösewichts, der mancherlei Vorteile für sich hatte, auszuwirken; doch während Piachi seine machtlosen Hebel ansetzte, ihn aus den Besitzungen, die ihm einmal zugeschrieben waren, wieder zu verdrängen, flog jener schon mit einer Verschreibung über den ganzen Inbegriff derselben, zu den Karmelitermönchen, seinen Freunden, und forderte sie auf, ihn gegen den alten Narren, der ihn daraus vertreiben wolle, zu beschützen. Kurz, da er Xavieren, welche der Bischof los zu sein wünschte, zu heiraten willigte, siegte die Bosheit, und die Regierung erließ, auf Vermittelung dieses geistlichen Herrn, ein Dekret, in welchem Nicolo in den Besitz bestätigt und dem Piachi aufgegeben ward, ihn nicht darin zu belästigen.

Piachi hatte gerade tags zuvor die unglückliche Elvire begraben, die an den Folgen eines hitzigen Fiebers, das ihr jener Vorfall zugezogen hatte, gestorben war. Durch diesen doppelten Schmerz gereizt, ging er, das Dekret in der Tasche, in das Haus, und stark, wie die Wut ihn machte, warf er den von Natur schwächeren Nicolo nieder und drückte ihm das Gehirn an der Wand ein. Die Leute die im Hause waren, bemerkten ihn nicht eher, als bis die Tat geschehen war; sie fanden ihn noch, da er den Nicolo zwischen den Knien hielt, und ihm das Dekret in den Mund stopfte. Dies abgemacht, stand er, indem er alle seine Waffen abgab, auf; ward ins Gefängnis gesetzt, verhört und verurteilt, mit dem Strange vom Leben zum Tode gebracht zu werden.

In dem Kirchenstaat herrscht ein Gesetz, nach welchem kein Verbrecher zum Tode geführt werden kann, bevor er die Absolution empfangen. Piachi, als ihm der Stab gebrochen war, verweigerte sich hartnäckig der Absolution. Nachdem man vergebens alles, was die Religion an die Hand gab, versucht hatte, ihm die Strafwürdigkeit seiner Handlung fühlbar zu machen, hoffte man, ihn durch den Anblick des Todes, der seiner wartete, in das Gefühl der Reue hineinzuschrecken und führte ihn nach dem Galgen hinaus. Hier stand ein Priester und schilderte ihm, mit der Lunge der letzten Posaune, alle Schrecknisse der Hölle, in die seine Seele hinabzufahren im Begriff war; dort ein anderer, den Leib des Herrn, das heilige Entsühnungsmittel in der Hand, und pries ihm die Wohnungen des ewigen Friedens. – »Willst du der Wohltat der Erlösung teilhaftig werden?« fragten ihn beide. »Willst du das Abendmahl empfangen?« – Nein, antwortete Piachi. – »Warum nicht?« – Ich will nicht selig sein. Ich will in den untersten Grund der Hölle hinabfahren. Ich will den Nicolo, der nicht im Himmel sein wird, wiederfinden, und meine Rache, die ich hier nur unvollständig befriedigen konnte, wieder aufnehmen! – Und damit bestieg er die Leiter und forderte den Nachrichter auf, sein Amt zu tun. Kurz, man sah sich genötigt, mit der Hinrichtung einzuhalten, und den Unglücklichen, den das Gesetz in Schutz nahm, wieder in das Gefängnis zurückzuführen. Drei hintereinander folgende Tage machte man dieselben Versuche und immer mit demselben Erfolg. Als er am dritten Tage wieder, ohne an den Galgen geknüpft zu werden, die Leiter herabsteigen mußte: hob er, mit einer grimmigen Gebärde, die Hände empor, das unmenschliche Gesetz verfluchend, das ihn nicht zur Hölle fahren lassen wolle. Er rief die ganze Schar der Teufel herbei, ihn zu holen, verschwor sich, sein einziger Wunsch sei, gerichtet und verdammt zu werden, und versicherte, er würde noch dem ersten, besten Priester an den Hals kommen, um des Nicolo in der Hölle wieder habhaft zu werden! – Als man dem Papst dies meldete, befahl er, ihn ohne Absolution hinzurichten; kein Priester begleitete ihn, man knüpfte ihn, ganz in der Stille, auf dem Platz del popolo auf.

Die heilige Cäcilie

oder

Die Gewalt der Musik

Eine Legende

Um das Ende des sechzehnten Jahrhunderts, als die Bilderstürmerei in den Niederlanden wütete, trafen drei Brüder, junge in Wittenberg studierende Leute, mit einem vierten, der in Antwerpen als Prädikant angestellt war, in der Stadt Aachen zusammen. Sie wollten daselbst eine Erbschaft erheben, die ihnen von seiten eines alten, ihnen allen unbekannten Oheims zugefallen war, und kehrten, weil niemand in dem Ort war, an den sie sich hätten wenden können, in einem Gasthof ein. Nach Verlauf einiger Tage, die sie damit zugebracht hatten, den Prädikanten über die merkwürdigen Auftritte, die in den Niederlanden vorgefallen waren, anzuhören, traf es sich, daß von den Nonnen im Kloster der heiligen Cäcilie, das damals vor den Toren dieser Stadt lag, der Fronleichnamstag festlich begangen werden sollte; dergestalt, daß die vier Brüder, von Schwärmerei, Jugend und dem Beispiel der Niederländer erhitzt, beschlossen, auch der Stadt Aachen das Schauspiel einer Bilderstürmerei zu geben. Der Prädikant, der dergleichen Unternehmungen mehr als einmal schon geleitet hatte, versammelte, am Abend zuvor eine Anzahl junger, der neuen Lehre ergebener Kaufmannssöhne und Studenten, welche, in dem Gasthofe, bei Wein und Speisen, unter Verwünschungen des Papsttums, die Nacht zubrachten; und, da der Tag über die Zinnen der Stadt aufgegangen, versahen sie sich mit Äxten und Zerstörungswerkzeugen aller Art, um ihr ausgelassenes Geschäft zu beginnen. Sie verabredeten frohlockend ein Zeichen, auf welches sie damit anfangen wollten, die Fensterscheiben, mit biblischen Geschichten bemalt, einzuwerfen; und eines großen Anhangs, den sie unter dem Volk finden würden, gewiß, verfügten sie sich, entschlossen keinen Stein auf dem andern zu lassen, in der Stunde, da die Glocken läuteten, in den Dom. Die Äbtissin, die, schon beim Anbruch des Tages, durch einen Freund von der Gefahr, in welcher das Kloster schwebte, benachrichtigt worden war, schickte vergebens, zu wiederholten Malen, zu dem kaiserlichen Offizier, der in der Stadt kommandierte, und bat sich, zum Schutz des Klosters, eine Wache aus; der Offizier, der selbst ein Feind des Papsttums, und als solcher, wenigstens unterderhand, der neuen Lehre zugetan war, wußte ihr unter dem staatsklugen Vorgeben, daß sie Geister sähe, und für ihr Kloster auch nicht der Schatten einer Gefahr vorhanden sei, die Wache zu verweigern. Inzwischen brach die Stunde an, da die Feierlichkeiten beginnen sollten, und die Nonnen schickten sich, unter Angst und Beten, und jammervoller Erwartung der Dinge, die da kommen sollten, zur Messe an. Niemand beschützte sie, als ein alter, siebenzigjähriger Klostervogt, der sich, mit einigen bewaffneten Troßknechten, am Eingang der Kirche aufstellte. In den Nonnenklöstern führen, auf das Spiel jeder Art der Instrumente geübt, die Nonnen, wie bekannt, ihre Musiken selber auf; oft mit einer Präzision, einem Verstand und einer Empfindung, die man in männlichen Orchestern (vielleicht wegen der weiblichen Geschlechtsart dieser geheimnisvollen Kunst) vermißt. Nun fügte es sich, zur Verdoppelung der Bedrängnis, daß die Kapellmeisterin, Schwester Antonia, welche die Musik auf dem Orchester zu dirigieren pflegte, wenige Tage zuvor, an einem Nervenfieber heftig erkrankte; dergestalt, daß abgesehen von den vier gotteslästerlichen Brüdern, die man bereits, in Mänteln gehüllt, unter den Pfeilern der Kirche erblickte, das Kloster auch, wegen Aufführung eines schicklichen Musikwerks, in der lebhaftesten Verlegenheit war. Die Äbtissin, die am Abend des vorhergehenden Tages befohlen hatte, daß eine uralte von einem unbekannten Meister herrührende, italienische Messe aufgeführt werden möchte, mit welcher die Kapelle mehrmals schon, einer besondern Heiligkeit und Herrlichkeit wegen, mit welcher sie gedichtet war, die größesten Wirkungen hervorgebracht hatte, schickte, mehr als jemals auf ihren Willen beharrend, noch einmal zur Schwester Antonia herab, um zu hören, wie sich dieselbe befinde; die Nonne aber, die dies Geschäft übernahm, kam mit der Nachricht zurück, daß die Schwester in gänzlich bewußtlosem Zustande darniederliege, und daß an ihre Direktionsführung, bei der vorhabenden Musik, auf keine Weise zu denken sei. Inzwischen waren in dem Dom, in welchem sich nach und nach mehr denn hundert, mit Beilen und Brechstangen versehene Frevler, von allen Ständen und Altern, eingefunden hatten, bereits die bedenklichsten Auftritte vorgefallen; man hatte einige Troßknechte, die an den Portälen standen, auf die unanständigste Weise geneckt, und sich die frechsten und unverschämtesten Äußerungen gegen die Nonnen erlaubt, die sich hin und wieder, in frommen Geschäften, einzeln in den Hallen blicken ließen: dergestalt, daß der Klostervogt sich in die Sakristei verfügte, und die Äbtissin auf Knien beschwor, das Fest einzustellen und sich in die Stadt, unter den Schutz des Commendanten zu begeben. Aber die Äbtissin bestand unerschütterlich darauf, daß das zur Ehre des höchsten Gottes angeordnete Fest begangen werden müsse; sie erinnerte den Klostervogt an seine Pflicht, die Messe und den feierlichen Umgang, der in dem Dom gehalten werden würde, mit Leib und Leben zu beschirmen; und befahl, weil eben die Glocke schlug, den Nonnen, die sie, unter Zittern und Beben umringten, ein Oratorium, gleichviel welches und von welchem Wert es sei, zu nehmen, und mit dessen Aufführung sofort den Anfang zu machen.

Eben schickten sich die Nonnen auf dem Altan der Orgel dazu an; die Partitur eines Musikwerks, das man schon häufig gegeben hatte, ward verteilt, Geigen, Hoboen und Bässe geprüft und gestimmt: als Schwester Antonia plötzlich, frisch und gesund, ein wenig bleich im Gesicht, von der Treppe her erschien; sie trug die Partitur der uralten, italienischen Messe, auf deren Aufführung die Äbtissin so dringend bestanden hatte, unter dem Arm. Auf die erstaunte Frage der Nonnen: »wo sie herkomme? und wie sie sich plötzlich so erholt habe?« antwortete sie: gleichviel, Freundinnen, gleichviel! verteilte die Partitur, die sie bei sich trug, und setzte sich selbst, von Begeisterung glühend, an die Orgel, um die Direktion des vortrefflichen Musikstücks zu übernehmen. Demnach kam es, wie ein wunderbarer, himmlischer Trost, in die Herzen der frommen Frauen; sie stellten sich augenblicklich mit ihren Instrumenten an die Pulte; die Beklemmung selbst, in der sie sich befanden, kam hinzu, um ihre Seelen, wie auf Schwingen, durch alle Himmel des Wohlklangs zu führen; das Oratorium ward mit der höchsten und herrlichsten musikalischen Pracht ausgeführt; es regte sich, während der ganzen Darstellung, kein Odem in den Hallen und Bänken; besonders bei dem Salve regina und noch mehr bei dem Gloria in excelsis, war es, als ob die ganze Bevölkerung der Kirche tot sei: dergestalt, daß den vier gottverdammten Brüdern und ihrem Anhang zum Trotz, auch der Staub auf dem Estrich nicht verweht ward, und das Kloster noch bis an den Schluß des Dreißigjährigen Krieges bestanden hat, wo man es, vermöge eines Artikels im Westfälischen Frieden, gleichwohl säkularisierte.

Sechs Jahre darauf, da diese Begebenheit längst vergessen war, kam die Mutter dieser vier Jünglinge aus dem Haag an, und stellte, unter dem betrübten Vorgeben, daß dieselben gänzlich verschollen wären, bei dem Magistrat zu Aachen, wegen der Straße, die sie von hier aus genommen haben mochten, gerichtliche Untersuchungen an. Die letzte Nachricht, die man von ihnen in den Niederlanden, wo sie eigentlich zu Hause gehörten, gehabt hatte, war wie sie meldete, ein vor dem angegebenen Zeitraum, am Vorabend eines Fronleichnamsfestes, geschriebener Brief des Prädikanten, an seinen Freund, einen Schullehrer in Antwerpen, worin er demselben, mit vieler Heiterkeit oder vielmehr Ausgelassenheit, von einer gegen das Kloster der heiligen Cäcilie entworfenen Unternehmung, über welche sich die Mutter jedoch nicht näher auslassen wollte, auf vier dichtgedrängten Seiten vorläufige Anzeige machte. Nach mancherlei vergeblichen Bemühungen, die Personen, welche diese bekümmerte Frau suchte, auszumitteln, erinnerte man sich endlich, daß sich schon seit einer Reihe von Jahren, welche ohngefähr auf die Angabe paßte, vier junge Leute, deren Vaterland und Herkunft unbekannt sei, in dem durch des Kaisers Vorsorge unlängst gestifteten Irrenhause der Stadt befanden. Da dieselben jedoch an der Ausschweifung einer religiösen Idee krank lagen, und ihre Aufführung, wie das Gericht dunkel gehört zu haben meinte, äußerst trübselig und melancholisch war; so paßte dies zu wenig auf den, der Mutter nur leider zu wohl bekannten Gemütsstand ihrer Söhne, als daß sie auf diese Anzeige, besonders da es fast herauskam, als ob die Leute katholisch wären, viel hätte geben sollen. Gleichwohl, durch mancherlei Kennzeichen, womit man sie beschrieb, seltsam getroffen, begab sie sich eines Tages, in Begleitung eines Gerichtsboten, in das Irrenhaus, und bat die Vorsteher um die Gefälligkeit, ihr zu den vier unglücklichen, sinnverwirrten Männern, die man daselbst aufbewahre, einen prüfenden Zutritt zu gestatten. Aber wer beschreibt das Entsetzen der armen Frau, als sie gleich auf den ersten Blick, sowie sie in die Tür trat, ihre Söhne erkannte: sie saßen, in langen, schwarzen Talaren, um einen Tisch, auf welchem ein Kruzifix stand, und schienen, mit gefalteten Händen schweigend auf die Platte gestützt, dasselbe anzubeten. Auf die Frage der Frau, die ihrer Kräfte beraubt, auf einen Stuhl niedergesunken war: was sie daselbst machten? antworteten ihr die Vorsteher: »daß sie bloß in der Verherrlichung des Heilands begriffen wären, von dem sie, nach ihrem Vorgeben, besser als andre, einzusehen glaubten, daß er der wahrhaftige Sohn des alleinigen Gottes sei.« Sie setzten hinzu: »daß die Jünglinge, seit nun schon sechs Jahren, dies geisterartige Leben führten; daß sie wenig schliefen und wenig genössen; daß kein Laut über ihre Lippen käme; daß sie sich bloß in der Stunde der Mitternacht einmal von ihren Sitzen erhöben; und daß sie alsdann, mit einer Stimme, welche die Fenster des Hauses bersten machte, das Gloria in excelsis intonierten.« Die Vorsteher schlossen mit der Versicherung: daß die jungen Männer dabei körperlich vollkommen gesund wären; daß man ihnen sogar eine gewisse, obschon sehr ernste und feierliche, Heiterkeit nicht absprechen könnte; daß sie, wenn man sie für verrückt erklärte, mitleidig die Achseln zuckten, und daß sie schon mehr als einmal geäußert hätten: »wenn die gute Stadt Aachen wüßte, was sie, so würde dieselbe ihre Geschäfte beiseite legen, und sich gleichfalls, zur Absingung des Gloria, um das Kruzifix des Herrn niederlassen.«

Die Frau, die den schauderhaften Anblick dieser Unglücklichen nicht ertragen konnte und sich bald darauf, auf wankenden Knien, wieder hatte zu Hause führen lassen, begab sich, um über die Veranlassung dieser ungeheuren Begebenheit Auskunft zu erhalten, am Morgen des folgenden Tages, zu Herrn Veit Gotthelf, berühmten Tuchhändler der Stadt; denn dieses

Mannes erwähnte der von dem Prädikanten geschriebene Brief, und es ging daraus hervor, daß derselbe an dem Projekt, das Kloster der heiligen Cäcilie am Tage des Fronleichnamsfestes zu zerstören, eifrigen Anteil genommen habe. Veit Gotthelf, der Tuchhändler, der sich inzwischen verheiratet, mehrere Kinder gezeugt, und die beträchtliche Handlung seines Vaters übernommen hatte, empfing die Fremde sehr liebreich: und da er erfuhr, welch ein Anliegen sie zu ihm führe, so verriegelte er die Tür, und ließ sich, nachdem er sie auf einen Stuhl niedergenötigt hatte, folgendermaßen vernehmen: »Meine liebe Frau! Wenn Ihr mich, der mit Euren Söhnen vor sechs Jahren in genauer Verbindung gestanden, in keine Untersuchung deshalb verwickeln wollt, so will ich Euch offenherzig und ohne Rückhalt gestehen: ja, wir haben den Vorsatz gehabt, dessen der Brief erwähnt! Wodurch diese Tat, zu deren Ausführung alles, auf das genaueste, mit wahrhaft gottlosem Scharfsinn, angeordnet war, gescheitert ist, ist mir unbegreiflich; der Himmel selbst scheint das Kloster der frommen Frauen in seinen heiligen Schutz genommen zu haben. Denn wißt, daß sich Eure Söhne bereits, zur Einleitung entscheidenderer Auftritte, mehrere mutwillige, den Gottesdienst störende Possen erlaubt hatten: mehr denn dreihundert, mit Beilen und Pechkränzen versehene Bösewichter, aus den Mauern unserer damals irregeleiteten Stadt, erwarteten nichts als das Zeichen, das der Prädikant geben sollte, um den Dom der Erde gleich zu machen. Dagegen, bei Anhebung der Musik, nehmen Eure Söhne plötzlich, in gleichzeitiger Bewegung, und auf eine uns auffallende Weise, die Hüte ab; sie legen, nach und nach, wie in tiefer unaussprechlicher Rührung, die Hände vor ihr herabgebeugtes Gesicht, und der Prädikant, indem er sich, nach einer erschütternden Pause, plötzlich umwendet, ruft uns allen mit lauter fürchterlicher Stimme zu: gleichfalls unsere Häupter zu entblößen! Vergebens fordern ihn einige Genossen flüsternd, indem sie ihn mit ihren Armen leichtfertig anstoßen, auf, das zur Bilderstürmerei verabredete Zeichen zu geben: der Prädikant, statt zu antworten, läßt sich, mit kreuzweis auf die Brust gelegten Händen, auf Knien nieder und murmelt, samt den Brüdern, die Stirn inbrünstig in den Staub herabgedrückt, die ganze Reihe noch kurz vorher von ihm verspotteter Gebete ab. Durch diesen Anblick tief im Innersten verwirrt, steht der Haufen der jämmerlichen Schwärmer, seiner Anführer beraubt, in Unschlüssigkeit und Untätigkeit, bis an den Schluß des, vom Altan wunderbar herabrauschenden Oratoriums da; und da, auf Befehl des Commendanten, in ebendiesem Augenblick mehrere Arretierungen verfügt, und einige Frevler, die sich Unordnungen erlaubt hatten, von einer Wache aufgegriffen und abgeführt wurden, so bleibt der elenden Schar nichts übrig, als sich schleunigst, unter dem Schutz der gedrängt aufbrechenden Volksmenge, aus dem Gotteshause zu entfernen. Am Abend, da ich in dem Gasthofe vergebens mehreremal nach Euren Söhnen, welche nicht wiedergekehrt waren, gefragt hatte, gehe ich, in der entsetzlichsten Unruhe, mit einigen Freunden wieder nach dem Kloster hinaus, um mich bei den Türstehern, welche der kaiserlichen Wache hülfreich an die Hand gegangen waren, nach ihnen zu erkundigen. Aber wie schildere ich Euch mein Entsetzen, edle Frau, da ich diese vier Männer nach wie vor, mit gefalteten Händen, den Boden mit Brust und Scheiteln küssend, als ob sie zu Stein erstarrt wären, heißer Inbrunst voll vor dem Altar der Kirche daniedergestreckt liegen sehe! Umsonst forderte sie der Klostervogt, der in ebendiesem Augenblick herbeikommt, indem er sie am Mantel zupft und an den Armen rüttelt, auf, den Dom, in welchem es schon ganz finster werde, und kein Mensch mehr gegenwärtig sei, zu verlassen: sie hören, auf träumerische Weise halb aufstehend, nicht eher auf ihn, als bis er sie durch seine Knechte unter den Arm nehmen, und vor das Portal hinausführen läßt: wo sie uns endlich, obschon unter Seufzern und häufigem herzzerreißenden Umsehen nach der Kathedrale, die hinter uns im Glanz der Sonne prächtig funkelte, nach der Stadt folgen. Die Freunde und ich, wir fragen sie, zu wiederholten Malen, zärtlich und liebreich auf dem Rückwege, was ihnen in aller Welt Schreckliches, fähig, ihr innerstes Gemüt dergestalt umzukehren, zugestoßen sei; sie drücken uns, indem sie uns freundlich ansehen, die Hände, schauen gedankenvoll auf den Boden nieder und wischen sich – ach! von Zeit zu Zeit, mit einem Ausdruck, der mir noch jetzt das Herz spaltet, die Tränen aus den Augen. Drauf, in ihre Wohnungen angekommen, binden sie sich ein Kreuz, sinnreich und zierlich von Birkenreisern zusammen, und setzen es, einem kleinen Hügel von Wachs eingedrückt, zwischen zwei Lichtern, womit die Magd erscheint, auf dem großen Tisch in des Zimmers Mitte nieder, und während die Freunde, deren Schar sich von Stunde zu Stunde vergrößert, händeringend zur Seite stehen, und in zerstreuten Gruppen, sprachlos vor Jammer, ihrem stillen, gespensterartigen Treiben zusehen: lassen sie sich, gleich als ob ihre Sinne vor jeder andern Erscheinung verschlossen wären, um den Tisch nieder, und schicken sich still, mit gefalteten Händen, zur Anbetung an. Weder des Essens begehren sie, das ihnen, zur Bewirtung der Genossen, ihrem am Morgen gegebenen Befehl gemäß, die Magd bringt, noch späterhin, da die Nacht sinkt, des Lagers, das sie ihnen, weil sie müde scheinen, im Nebengemach aufgestapelt hat; die Freunde, um die Entrüstung des Wirts, den diese Aufführung befremdet, nicht zu reizen, müssen sich an einen, zur Seite üppig gedeckten Tisch niederlassen, und die, für eine zahlreiche Gesellschaft zubereiteten Speisen, mit dem Salz ihrer bitterlichen Tränen gebeizt, einnehmen. Jetzt plötzlich schlägt die Stunde der Mitternacht; Eure vier Söhne, nachdem sie einen Augenblick gegen den dumpfen Klang der Glocke aufgehorcht, heben sich plötzlich in gleichzeitiger Bewegung, von ihren Sitzen empor; und während wir, mit niedergelegten Tischtüchern, zu ihnen hinüberschauen, ängstlicher Erwartung voll, was auf so seltsames und befremdendes Beginnen erfolgen werde: fangen sie, mit einer entsetzlichen und gräßlichen Stimme, das Gloria in excelsis zu intonieren an. So mögen sich Leoparden und Wölfe anhören lassen, wenn sie zur eisigen Winterzeit, das Firmament anbrüllen: die Pfeiler des Hauses, versichere ich Euch, erschütterten, und die Fenster, von ihrer Lungen sichtbarem Atem getroffen, drohten klirrend, als ob man Hände voll schweren Sandes gegen ihre Flächen würfe, zusammenzubrechen. Bei diesem grausenhaften Auftritt stürzen wir besinnungslos, mit sträubenden Haaren auseinander; wir zerstreuen uns, Mäntel und Hüte zurücklassend, durch die umliegenden Straßen, welche in kurzer Zeit, statt unsrer, von mehr denn hundert, aus dem Schlaf geschreckter Menschen, angefüllt waren; das Volk drängt sich, die Haustüre sprengend, über die Stiege dem Saale zu, um die Quelle dieses schauderhaften und empörenden Gebrülls, das, wie von den Lippen ewig verdammter Sünder, aus dem tiefsten Grund der flammenvollen Hölle, jammervoll um Erbarmung zu Gottes Ohren heraufdrang, aufzusuchen. Endlich, mit dem Schlage der Glocke Eins, ohne auf das Zürnen des Wirts, noch auf die erschütterten Ausrufungen des sie umringenden Volks gehört zu haben, schließen sie den Mund; sie wischen sich mit einem Tuch den Schweiß von der Stirn, der ihnen, in großen Tropfen, auf Kinn und Brust niederträuft; und breiten ihre Mäntel aus, und legen sich, um eine Stunde von so qualvollen Geschäften auszuruhen, auf das Getäfel des Bodens nieder. Der Wirt, der sie gewähren läßt, schlägt, sobald er sie schlummern sieht, ein Kreuz über sie; und froh, des Elends für den Augenblick erledigt zu sein, bewegt er, unter der Versicherung, der Morgen werde eine heilsame Veränderung herbeiführen, den Männerhaufen, der gegenwärtig ist, und der geheimnisvoll miteinander murmelt, das Zimmer zu verlassen. Aber leider! schon mit dem ersten Schrei des Hahns, stehen die Unglücklichen wieder auf, um dem auf dem Tisch befindlichen Kreuz gegenüber, dasselbe öde, gespensterartige Klosterleben, das nur Erschöpfung sie auf einen Augenblick auszusetzen zwang, wieder anzufangen. Sie nehmen von dem Wirt, dessen Herz ihr jammervoller Anblick schmelzt, keine Ermahnung, keine Hülfe an; sie bitten ihn, die Freunde liebreich abzuweisen, die sich sonst regelmäßig am Morgen jedes Tages bei ihnen zu versammeln pflegten; sie begehren nichts von ihm, als Wasser und Brot, und eine Streu, wenn es sein kann, für die Nacht: dergestalt, daß dieser Mann, der sonst viel Geld von ihrer Heiterkeit zog, sich genötigt sah, den ganzen Vorfall den Gerichten anzuzeigen und sie zu bitten, ihm diese vier Menschen, in welchen ohne Zweifel der böse Geist walten müsse, aus dem Hause zu schaffen. Worauf sie, auf Befehl des Magistrats, in ärztliche Untersuchung genommen, und, da man sie verrückt befand, wie Ihr wißt, in die Gemächer des Irrenhauses untergebracht wurden, das die Milde des letztverstorbenen Kaisers, zum Besten der Unglücklichen dieser Art, innerhalb der Mauern unserer Stadt gegründet hat.« Dies und noch mehreres sagte Veit Gotthelf, der Tuchhändler, das wir hier, weil wir zur Einsicht in den inneren Zusammenhang der Sache genug gesagt zu haben meinen, unterdrücken; und forderte die Frau nochmals auf, ihn auf keine Weise, falls es zu gerichtlichen Nachforschungen über diese Begebenheit kommen sollte, darin zu verstricken.

Drei Tage darauf, da die Frau, durch diesen Bericht tief im Innersten erschüttert, am Arm einer Freundin nach dem Kloster hinausgegangen war, in der wehmütigen Absicht, auf einem Spaziergang, weil eben das Wetter schön war, den entsetzlichen Schauplatz in Augenschein zu nehmen, auf welchem Gott ihre Söhne wie durch unsichtbare Blitze zugrunde gerichtet hatte: fanden die Weiber den Dom, weil eben gebaut wurde, am Eingang durch Planken versperrt, und konnten, wenn sie sich mühsam erhoben, durch die Öffnungen der Bretter hindurch von dem Inneren nichts, als die prächtig funkelnde Rose im Hintergrund der Kirche wahrnehmen. Viele hundert Arbeiter, welche fröhliche Lieder sangen, waren auf schlanken, vielfach verschlungenen Gerüsten beschäftigt, die Türme noch um ein gutes Dritteil zu erhöhen, und die Dächer und Zinnen derselben, welche bis jetzt nur mit Schiefer bedeckt gewesen waren, mit starkem, hellen, im Strahl der Sonne glänzigen Kupfer zu belegen. Dabei stand ein Gewitter, dunkelschwarz, mit vergoldeten Rändern, im Hintergrunde des Baus; dasselbe hatte schon über die Gegend von Aachen ausgedonnert, und nachdem es noch einige kraftlose Blitze, gegen die Richtung, wo der Dom stand, geschleudert hatte, sank es, zu Dünsten aufgelöst, mißvergnügt murmelnd in Osten herab. Es traf sich, daß da die Frauen von der Treppe des weitläufigen klösterlichen Wohngebäudes herab, in mancherlei Gedanken vertieft, dies doppelte Schauspiel betrachteten, eine Klosterschwester, welche vorüberging, zufällig erfuhr, wer die unter dem Portal stehende Frau sei; dergestalt, daß die Äbtissin, die von einem, den Fronleichnamstag betreffenden Brief, den dieselbe bei sich trug, gehört hatte, unmittelbar darauf die Schwester zu ihr herabschickte, und die niederländische Frau ersuchen ließ, zu ihr heraufzukommen. Die Niederländerin, obschon einen Augenblick dadurch betroffen, schickte sich nichtsdestoweniger ehrfurchtsvoll an, dem Befehl, den man ihr angekündigt hatte, zu gehorchen; und während die Freundin, auf die Einladung der Nonne, in ein dicht an dem Eingang befindliches Nebenzimmer abtrat, öffnete man der Fremden, welche die Treppe hinaufsteigen mußte, die Flügeltüren des schön gebildeten Söllers selbst. Daselbst fand sie die Äbtissin, welches eine edle Frau, von stillem königlichen Ansehn war, auf einem Sessel sitzen, den Fuß auf einem Schemel gestützt, der auf Drachenklauen ruhte; ihr zur Seite, auf einem Pulte, lag die Partitur einer Musik. Die Äbtissin, nachdem sie befohlen hatte, der Fremden einen Stuhl hinzusetzen, entdeckte ihr, daß sie bereits durch den Bürgermeister von ihrer Ankunft in der Stadt gehört; und nachdem sie sich, auf menschenfreundliche Weise, nach dem Befinden ihrer unglücklichen Söhne erkundigt, auch sie ermuntert hatte, sich über das Schicksal, das dieselben betroffen, weil es einmal nicht zu ändern sei, möglichst zu fassen: eröffnete sie ihr den Wunsch, den Brief zu sehen, den der Prädikant an seinen Freund, den Schullehrer in Antwerpen geschrieben hatte. Die Frau, welche Erfahrung genug besaß, einzusehen, von welchen Folgen dieser Schritt sein konnte, fühlte sich dadurch auf einen Augenblick in Verlegenheit gestürzt; da jedoch das ehrwürdige Antlitz der Dame unbedingtes Vertrauen erforderte, und auf keine Weise schicklich war, zu glauben, daß ihre Absicht sein könne, von dem Inhalt desselben einen öffentlichen Gebrauch zu machen; so nahm sie, nach einer kurzen Besinnung, den Brief aus ihrem Busen, und reichte ihn, unter einem heißen Kuß auf ihre Hand, der fürstlichen Dame dar. Die Frau, während die Äbtissin den Brief überlas, warf nunmehr einen Blick auf die nachlässig über dem Pult aufgeschlagene Partitur; und da sie, durch den Bericht des Tuchhändlers, auf den Gedanken gekommen war, es könne wohl die Gewalt der Töne gewesen sein, die, an jenem schauerlichen Tage, das Gemüt ihrer armen Söhne zerstört und verwirrt habe: so fragte sie die Klosterschwester, die hinter ihrem Stuhle stand, indem sie sich zu ihr umkehrte, schüchtern: »ob dies das Musikwerk wäre, das vor sechs Jahren, am Morgen jenes merkwürdigen Fronleichnamsfestes, in der Kathedrale aufgeführt worden sei?« Auf die Antwort der jungen Klosterschwester: ja! sie erinnere sich davon gehört zu haben, und es pflege seitdem, wenn man es nicht brauche, im Zimmer der hochwürdigsten Frau zu liegen: stand, lebhaft erschüttert, die Frau auf, und stellte sich, von mancherlei Gedanken durchkreuzt, vor den Pult. Sie betrachtete die unbekannten zauberischen Zeichen, womit sich ein fürchterlicher Geist geheimnisvoll den Kreis abzustecken schien, und meinte, in die Erde zu sinken, da sie grade das Gloria in excelsis aufgeschlagen fand. Es war ihr, als ob das ganze Schrecken der Tonkunst, das ihre Söhne verderbt hatte, über ihrem Haupte rauschend daherzöge; sie glaubte, bei dem bloßen Anblick ihre Sinne zu verlieren, und nachdem sie schnell, mit einer unendlichen Regung von Demut und

Unterwerfung unter die göttliche Allmacht, das Blatt an ihre Lippen gedrückt hatte, setzte sie sich wieder auf ihren Stuhl zurück. Inzwischen hatte die Äbtissin den Brief ausgelesen und sagte, indem sie ihn zusammenfaltete: »Gott selbst hat das Kloster, an jenem wunderbaren Tage, gegen den Übermut Eurer schwer verirrten Söhne beschirmt. Welcher Mittel er sich dabei bedient, kann Euch, die Ihr eine Protestantin seid, gleichgültig sein: Ihr würdet auch das, was ich Euch darüber sagen könnte, schwerlich begreifen. Denn vernehmt, daß schlechterdings niemand weiß, wer eigentlich das Werk, das Ihr dort aufgeschlagen findet, im Drang der schreckenvollen Stunde, da die Bilderstürmerei über uns hereinbrechen sollte, ruhig auf dem Sitz der Orgel dirigiert habe. Durch ein Zeugnis, das am Morgen des folgenden Tages, in Gegenwart des Klostervogts und mehrerer anderen Männer aufgenommen und im Archiv niedergelegt ward, ist erwiesen, daß Schwester Antonia, die einzige, die das Werk dirigieren konnte, während des ganzen Zeitraums seiner Aufführung, krank, bewußtlos, ihrer Glieder schlechthin unmächtig, im Winkel ihrer Klosterzelle darniedergelegen habe; eine Klosterschwester, die ihr als leibliche Verwandte zur Pflege ihres Körpers beigeordnet war, ist während des ganzen Vormittags, da das Fronleichnamsfest in der Kathedrale gefeiert worden, nicht von ihrem Bette gewichen. Ja, Schwester Antonia würde ohnfehlbar selbst den Umstand, daß sie es nicht gewesen sei, die, auf so seltsame und befremdende Weise, auf dem Altan der Orgel erschien, bestätigt und bewahrheitet haben: wenn ihr gänzlich sinnberaubter Zustand erlaubt hätte, sie darum zu befragen und die Kranke nicht noch am Abend desselben Tages, an dem Nervenfieber, an dem sie danieder lag, und welches früherhin gar nicht lebensgefährlich schien, verschieden wäre. Auch hat der Erzbischof von Trier, an den dieser Vorfall berichtet ward, bereits das Wort ausgesprochen, das ihn allein erklärt, nämlich, ›daß die heilige Cäcilie selbst dieses zu gleicher Zeit schreckliche und herrliche Wunder vollbracht habe‹; und von dem Papst habe ich soeben ein Breve erhalten, wodurch er dies bestätigt.« Und damit gab sie der Frau den Brief, den sie sich bloß von ihr erbeten hatte, um über das, was sie schon wußte, nähere Auskunft zu erhalten, unter dem Versprechen, daß sie davon keinen Gebrauch machen würde, zurück; und nachdem sie dieselbe noch gefragt hatte, ob zur Wiederherstellung ihrer Söhne Hoffnung sei, und ob sie ihr vielleicht mit irgend etwas, Geld oder eine andere Unterstützung, zu diesem Zweck dienen könne, welches die Frau, indem sie ihr den Rock küßte, weinend verneinte: grüßte sie dieselbe freundlich mit der Hand und entließ sie.

Hier endigt diese Legende. Die Frau, deren Anwesenheit in Aachen gänzlich nutzlos war, ging mit Zurücklassung eines kleinen Kapitals, das sie zum Besten ihrer armen Söhne bei den Gerichten niederlegte, nach dem Haag zurück, wo sie ein Jahr darauf, durch diesen Vorfall tief bewegt, in den Schoß der katholischen Kirche zurückkehrte: die Söhne aber starben, im späten Alter, eines heitern und vergnügten Todes, nachdem sie noch einmal, ihrer Gewohnheit gemäß, das Gloria in excelsis abgesungen hatten.

Der Zweikampf

Herzog Wilhelm von Breysach, der, seit seiner heimlichen Verbindung mit einer Gräfin, namens Katharina von Heersbruck, aus dem Hause Alt-Hüningen, die unter seinem Range zu sein schien, mit seinem Halbbruder, dem Grafen Jakob dem Rotbart, in Feindschaft lebte, kam gegen das Ende des vierzehnten Jahrhunderts, da die Nacht des heiligen Remigius zu dämmern begann, von einer in Worms mit dem deutschen Kaiser abgehaltenen Zusammenkunft zurück, worin er sich von diesem Herrn, in Ermangelung ehelicher Kinder, die ihm gestorben waren, die Legitimation eines, mit seiner Gemahlin vor der Ehe erzeugten, natürlichen Sohnes, des Grafen Philipp von Hüningen, ausgewirkt hatte. Freudiger, als während des ganzen Laufs seiner Regierung in die Zukunft blickend, hatte er schon den Park, der hinter seinem Schlosse lag, erreicht: als plötzlich ein Pfeilschuß aus dem Dunkel der Gebüsche hervorbrach, und ihm, dicht unter dem Brustknochen, den Leib durchbohrte. Herr Friedrich von Trota, sein Kämmerer, brachte ihn, über diesen Vorfall äußerst betroffen, mit Hülfe einiger andern Ritter, in das Schloß, wo er nur noch, in den Armen seiner bestürzten Gemahlin, die Kraft hatte, einer Versammlung von Reichsvasallen, die schleunigst, auf Veranstaltung der letztern, zusammenberufen worden war, die kaiserliche Legitimationsakte vorzulesen; und nachdem, nicht ohne lebhaften Widerstand, indem, in Folge des Gesetzes, die Krone an seinen Halbbruder den Grafen Jakob den Rotbart, fiel, die Vasallen seinen letzten bestimmten Willen erfüllt, und unter dem Vorbehalt, die Genehmigung des Kaisers einzuholen, den Grafen Philipp als Thronerben, die Mutter aber, wegen Minderjährigkeit desselben, als Vormünderin und Regentin anerkannt hatten: legte er sich nieder und starb.

Die Herzogin bestieg nun, ohne weiteres, unter einer bloßen Anzeige, die sie, durch einige Abgeordnete, an ihren Schwager, den Grafen Jakob den Rotbart, tun ließ, den Thron; und was mehrere Ritter des Hofes, welche die abgeschlossene Gemütsart des letzteren zu durchschauen meinten, vorausgesagt hatten, das traf, wenigstens dem äußeren Anschein nach, ein: Jakob der Rotbart verschmerzte, in kluger Erwägung der obwaltenden Umstände, das Unrecht, das ihm sein Bruder zugefügt hatte; zum mindesten enthielt er sich aller und jeder Schritte, den letzten Willen des Herzogs umzustoßen, und wünschte seinem jungen Neffen zu dem Thron, den er erlangt hatte, von Herzen Glück. Er beschrieb den Abgeordneten, die er sehr heiter und freundlich an seine Tafel zog, wie er seit dem Tode seiner Gemahlin, die ihm ein königliches Vermögen hinterlassen, frei und unabhängig auf seiner Burg lebe; wie er die Weiber der angrenzenden Edelleute, seinen eignen Wein, und, in Gesellschaft munterer Freunde, die Jagd liebe, und wie ein Kreuzzug nach Palästina, auf welchem er die Sünden einer raschen Jugend, auch leider, wie er zugab, im Alter noch wachsend, abzubüßen dachte, die ganze Unternehmung sei, auf die er noch, am Schluß seines Lebens, hinaussehe. Vergebens machten ihm seine beiden Söhne, welche in der bestimmten Hoffnung der Thronfolge erzogen worden waren, wegen der Unempfindlichkeit und Gleichgültigkeit mit welcher er, auf ganz unerwartete Weise, in diese unheilbare Kränkung ihrer Ansprüche willigte, die bittersten Vorwürfe: er wies sie, die noch unbärtig waren, mit kurzen und spöttischen Machtsprüchen zur Ruhe, nötigte sie, ihm am Tage des feierlichen Leichenbegängnisses, in die Stadt zu folgen, und daselbst, an seiner Seite, den alten Herzog, ihren Oheim, wie es sich gebühre, zur Gruft zu bestatten; und nachdem er im Thronsaal des herzoglichen Palastes, dem jungen Prinzen, seinem Neffen, in Gegenwart der Regentin Mutter gleich allen andern Großen des Hofes, die Huldigung geleistet hatte, kehrte er unter Ablehnung aller Ämter und Würden, welche die letztere ihm antrug, begleitet von den Segnungen des, ihn um seine Großmut und Mäßigung doppelt verehrenden Volks, wieder auf seine Burg zurück.

Die Herzogin schritt nun, nach dieser unverhofft glücklichen Beseitigung der ersten Interessen, zur Erfüllung ihrer zweiten Regentenpflicht, nämlich, wegen der Mörder ihres Gemahls, deren man im Park eine ganze Schar wahrgenommen haben wollte, Untersuchungen anzustellen, und prüfte zu diesem Zweck selbst, mit Herrn Godwin von Herrthal, ihrem Kanzler, den Pfeil, der seinem Leben ein Ende gemacht hatte. Inzwischen fand man an demselben nichts, das den Eigentümer hätte verraten können, außer etwa, daß er, auf befremdende Weise, zierlich und prächtig gearbeitet war. Starke, krause und glänzende Federn steckten in einem Stiel, der, schlank und kräftig, von dunkelm Nußbaumholz, gedrechselt war; die Bekleidung des vorderen Endes war von glänzendem Messing, und nur die äußerste Spitze selbst, scharf wie die Gräte eines Fisches, war von Stahl. Der Pfeil schien für die Rüstkammer eines vornehmen und reichen Mannes verfertigt zu sein, der entweder in Fehden verwickelt, oder ein großer Liebhaber von der Jagd war; und da man aus einer, dem Knopf eingegrabenen, Jahrszahl ersah, daß dies erst vor kurzem geschehen sein konnte: so schickte die Herzogin, auf Anraten des Kanzlers, den Pfeil, mit dem Kronsiegel versehen, in alle Werkstätten von Deutschland umher, um den Meister, der ihn gedrechselt hatte, aufzufinden, und, falls dies gelang, von demselben den Namen dessen zu erfahren, auf dessen Bestellung er gedrechselt worden war.

Fünf Monden darauf lief an Herrn Godwin, den Kanzler, dem die Herzogin die ganze Untersuchung der Sache übergeben hatte, die Erklärung von einem Pfeilmacher aus Straßburg ein, daß er ein Schock solcher Pfeile, samt dem dazu gehörigen Köcher, vor drei Jahren für den Grafen Jakob den Rotbart verfertigt habe. Der Kanzler, über diese Erklärung äußerst betroffen, hielt dieselbe mehrere Wochen lang in seinem Geheimschrank zurück; zum Teil kannte er, wie er meinte, trotz der freien und ausschweifenden Lebensweise des Grafen, den Edelmut desselben zu gut, als daß er ihn einer so abscheulichen Tat, als die Ermordung eines Bruders war, hätte für fähig halten sollen; zum Teil auch, trotz vieler andern guten Eigenschaften, die Gerechtigkeit der Regentin zu wenig, als daß er, in einer Sache, die das Leben ihres schlimmsten Feindes galt, nicht mit der größten Vorsicht hätte verfahren sollen. Inzwischen stellte er, unterderhand, in der Richtung dieser sonderbaren Anzeige, Untersuchungen an, und da er durch die Beamten der Stadtvogtei zufällig ausmittelte, daß der Graf, der seine Burg sonst nie oder nur höchst selten zu verlassen pflegte, in der Nacht der Ermordung des Herzogs daraus abwesend gewesen war: so hielt er es für seine Pflicht, das Geheimnis fallenzulassen, und die Herzogin, in einer der nächsten Sitzungen des Staatsrats, von dem befremdenden und seltsamen Verdacht, der durch diese beiden Klagpunkte auf ihren Schwager, den Grafen Jakob den Rotbart fiel, umständlich zu unterrichten.

Die Herzogin, die sich glücklich pries, mit dem Grafen, ihrem Schwager, auf einem so freundschaftlichen Fuß zu stehen, und nichts mehr fürchtete, als seine Empfindlichkeit durch unüberlegte Schritte zu reizen, gab inzwischen, zum Befremden des Kanzlers, bei dieser zweideutigen Eröffnung nicht das mindeste Zeichen der Freude von sich; vielmehr, als sie die Papiere zweimal mit Aufmerksamkeit überlesen hatte, äußerte sie lebhaft ihr Mißfallen, daß man eine Sache, die so ungewiß und bedenklich sei, öffentlich im Staatsrat zur Sprache bringe. Sie war der Meinung, daß ein Irrtum oder eine Verleumdung dabei stattfinden müsse, und befahl, von der Anzeige schlechthin bei den Gerichten keinen Gebrauch zu machen. Ja, bei der außerordentlichen, fast schwärmerischen Volksverehrung, deren der Graf, nach einer natürlichen Wendung der Dinge, seit seiner Ausschließung vom Throne genoß, schien ihr auch schon dieser bloße Vortrag im Staatsrat äußerst gefährlich; und da sie voraussah, daß ein Stadtgeschwätz darüber zu seinen Ohren kommen würde, so schickte sie, von einem wahrhaft edelmütigen Schreiben begleitet, die beiden Klagpunkte, die sie das Spiel eines sonderbaren Mißverständnisses nannte, samt dem, worauf sie sich stützen sollten, zu ihm hinaus, mit der bestimmten Bitte, sie, die im voraus von seiner Unschuld überzeugt sei, mit aller Widerlegung derselben zu verschonen.

Der Graf der eben mit einer Gesellschaft von Freunden bei der Tafel saß, stand, als der Ritter mit der Botschaft der Herzogin, zu ihm eintrat, verbindlich von seinem Sessel auf; aber kaum, während die Freunde den feierlichen Mann, der sich nicht niederlassen wollte, betrachteten, hatte er in der Wölbung des Fensters den Brief überlesen: als er die Farbe wechselte, und die Papiere mit den Worten den Freunden übergab: Brüder, seht! welch eine schändliche Anklage, auf den Mord meines Bruders, wider mich zusammengeschmiedet worden ist! Er nahm dem Ritter, mit einem funkelnden Blick, den Pfeil aus der Hand, und setzte, die Vernichtung seiner Seele verbergend, inzwischen die Freunde sich unruhig um ihn versammelten, hinzu: daß in der Tat das Geschoß sein gehöre und auch der Umstand, daß er in der Nacht des heiligen Remigius aus seinem Schloß abwesend gewesen, gegründet sei! Die Freunde fluchten über diese hämische und niederträchtige Arglistigkeit; sie schoben den Verdacht des Mordes auf die verruchten Ankläger selbst zurück, und schon waren sie im Begriff, gegen den Abgeordneten, der die Herzogin, seine Frau, in Schutz nahm, beleidigend zu werden: als der Graf, der die Papiere noch einmal überlesen hatte, indem er plötzlich unter sie trat, ausrief: ruhig, meine Freunde! – und damit nahm er sein Schwert, das im Winkel stand, und übergab es dem Ritter mit den Worten: daß er sein Gefangener sei! Auf die betroffene Frage des Ritters: ob er recht gehört, und ob er in der Tat die beiden Klagpunkte, die der Kanzler aufgesetzt, anerkenne? antwortete der Graf: ja! ja! ja! – Inzwischen hoffe er der Notwendigkeit überhoben zu sein, den Beweis wegen seiner Unschuld anders, als vor den Schranken eines förmlich von der Herzogin niedergesetzten Gerichts zu führen. Vergebens bewiesen die Ritter, mit dieser Äußerung höchst unzufrieden, daß er in diesem Fall wenigstens keinem andern, als dem Kaiser, von dem Zusammenhang der Sache Rechenschaft zu geben brauche; der Graf, der sich in einer sonderbar plötzlichen Wendung der Gesinnung, auf die Gerechtigkeit der Regentin berief, bestand darauf, sich vor dem Landestribunal zu stellen, und schon, indem er sich aus ihren Armen losriß, rief er, aus dem Fenster hinaus, nach seinen Pferden, willens, wie er sagte, dem Abgeordneten unmittelbar in die Ritterhaft zu folgen: als die Waffengefährten ihm gewaltsam, mit einem Vorschlag, den er endlich annehmen mußte, in den Weg traten. Sie setzten in ihrer Gesamtzahl ein Schreiben an die Herzogin auf, forderten als ein Recht, das jedem Ritter in solchem Fall zustehe, freies Geleit für ihn, und boten ihr zur Sicherheit, daß er sich dem von ihr errichteten Tribunal stellen, auch allem, was dasselbe über ihn verhängen möchte, unterwerfen würde, eine Bürgschaft von 20000 Mark Silbers an.

Die Herzogin, auf diese unerwartete und ihr unbegreifliche Erklärung, hielt es, bei den abscheulichen Gerüchten, die bereits über die Veranlassung der Klage, im Volk herrschten, für das Ratsamste, mit gänzlichem Zurücktreten ihrer eignen Person, dem Kaiser die ganze Streitsache vorzulegen. Sie schickte ihm, auf den Rat des Kanzlers, sämtliche über den Vorfall lautende Aktenstücke zu, und bat, in seiner Eigenschaft als Reichsoberhaupt ihr die Untersuchung in einer Sache abzunehmen, in der sie selber als Partei befangen sei. Der Kaiser, der sich wegen Verhandlungen mit der Eidgenossenschaft grade damals in Basel aufhielt, willigte in diesen Wunsch; er setzte daselbst ein Gericht von drei Grafen, zwölf Rittern und zwei Gerichtsassessoren nieder; und nachdem er dem Grafen Jakob dem Rotbart, dem Antrag seiner Freunde gemäß, gegen die dargebotene Bürgschaft von 20000 Mark Silbers freies Geleit zugestanden hatte, forderte er ihn auf, sich dem erwähnten Gericht zu stellen, und demselben über die beiden Punkte: wie der Pfeil, der, nach seinem eignen Geständnis sein gehöre, in die Hände des Mörders gekommen? auch: an welchem dritten Ort er sich in der Nacht des heiligen Remigius aufgehalten habe, Red und Antwort zu geben.

Es war am Montag nach Trinitatis, als der Graf Jakob der Rotbart, mit einem glänzenden Gefolge von Rittern, der an ihn ergangenen Aufforderung gemäß in Basel vor den Schranken des Gerichts erschien, und sich daselbst, mit Übergehung der ersten, ihm, wie er vorgab, gänzlich unauflöslichen Frage, in bezug auf die zweite, welche für den Streitpunkt entscheidend war, folgendermaßen faßte: »Edle Herren!« und damit stützte er seine Hände auf das Geländer, und schaute aus seinen kleinen blitzenden Augen, von rötlichen Augenwimpern überschattet, die Versammlung an. »Ihr beschuldigt mich, der von seiner Gleichgültigkeit gegen Krone und Zepter Proben genug gegeben hat, der abscheulichsten Handlung, die begangen werden kann, der Ermordung meines, mir in der Tat wenig geneigten, aber darum nicht minder teuren Bruders; und als einen der Gründe, worauf ihr eure Anklage stützt, führt ihr an, daß ich in der Nacht des heiligen Remigius, da jener Frevel verübt ward, gegen eine durch viele Jahre beobachtete Gewohnheit, aus meinem Schlosse abwesend war. Nun ist mir gar wohl bekannt, was ein Ritter, der Ehre solcher Damen, deren Gunst ihm heimlich zuteil wird, schuldig ist; und wahrlich! hätte der Himmel nicht, aus heiterer Luft, dies sonderbare Verhängnis über mein Haupt zusammengeführt: so würde das Geheimnis, das in meiner Brust schläft, mit mir gestorben, zu Staub verwest, und erst auf den Posaunenruf des Engels, der die Gräber sprengt, vor Gott mit mir erstanden sein. Die Frage aber, die kaiserliche Majestät durch euren Mund an mein Gewissen richtet, macht, wie ihr wohl selbst einseht, alle Rücksichten und alle Bedenklichkeiten zuschanden; und weil ihr denn wissen wollt, warum es weder wahrscheinlich, noch auch selbst möglich sei, daß ich an dem Mord meines Bruders, es sei nun persönlich oder mittelbar, teilgenommen, so vernehmt, daß ich in der Nacht des heiligen Remigius, also zur Zeit, da er verübt worden, heimlich bei der schönen, in Liebe mir ergebenen Tochter des Landdrosts Winfried von Breda, Frau Wittib Littegarde von Auerstein war.«

Nun muß man wissen, daß Frau Wittib Littegarde von Auerstein, so wie die schönste, so auch, bis auf den Augenblick dieser schmählichen Anklage, die unbescholtenste und makelloseste Frau des Landes war. Sie lebte, seit dem Tode des Schloßhauptmanns von Auerstein, ihres Gemahls, den sie wenige Monden nach ihrer Vermählung an einem ansteckenden Fieber verloren hatte, still und eingezogen auf der Burg ihres Vaters; und nur auf den Wunsch dieses alten Herrn, der sie gern wieder vermählt zu sehen wünschte, ergab sie sich darin, dann und wann bei den Jagdfesten und Banketten zu erscheinen, welche von der Ritterschaft der umliegenden Gegend, und hauptsächlich von Herrn Jakob dem Rotbart, angestellt wurden. Viele Grafen und Herren, aus den edelsten und begütertsten Geschlechtern des Landes, fanden sich mit ihren Werbungen, bei solchen Gelegenheiten um sie ein, und unter diesen war ihr Herr Friedrich von Trota, der Kämmerer, der ihr einst auf der Jagd gegen den Anlauf eines verwundeten Ebers tüchtiger Weise das Leben gerettet hatte, der Teuerste und Liebste; inzwischen hatte sie sich aus Besorgnis, ihren beiden, auf die Hinterlassenschaft ihres Vermögens rechnenden Brüdern dadurch zu mißfallen, aller Ermahnungen ihres Vaters ungeachtet, noch nicht entschließen können, ihm ihre Hand zu geben. Ja, als Rudolph, der Ältere von beiden sich mit einem reichen Fräulein aus der Nachbarschaft vermählte, und ihm, nach einer dreijährigen kinderlosen Ehe, zur großen Freude der Familie, ein Stammhalter geboren ward: so nahm sie, durch manche deutliche und undeutliche Erklärung bewogen, von Herrn Friedrich, ihrem Freunde, in einem unter vielen Tränen abgefaßten Schreiben, förmlich Abschied, und willigte, um die Einigkeit des Hauses zu erhalten, in den Vorschlag ihres Bruders, den Platz als Äbtissin in einem Frauenstift einzunehmen, das unfern ihrer väterlichen Burg an den Ufern des Rheins lag.

Grade um die Zeit, da bei dem Erzbischof von Straßburg dieser Plan betrieben ward, und die Sache im Begriff war zur Ausführung zu kommen, war es, als der Landdrost, Herr Winfried von Breda, durch das von dem Kaiser eingesetzte Gericht, die Anzeige von der Schande seiner Tochter

Littegarde, und die Aufforderung erhielt, dieselbe zur Verantwortung gegen
die von dem Grafen Jakob wider sie angebrachte Beschuldigung nach Basel
zu befördern. Man bezeichnete ihm, im Verlauf des Schreibens, genau die
Stunde und den Ort, in welchem der Graf, seinem Vorgeben gemäß, bei
Frau Littegarde seinen Besuch heimlich abgestattet haben wollte, und
schickte ihm sogar einen, von ihrem verstorbenen Gemahl herrührenden
Ring mit, den er beim Abschied, zum Andenken an die verflossene Nacht,
aus ihrer Hand empfangen zu haben versicherte. Nun litt Herr Winfried
eben, am Tage der Ankunft dieses Schreibens an einer schweren und
schmerzvollen Unpäßlichkeit des Alters; er wankte, in einem äußerst gereiz-
ten Zustande, an der Hand seiner Tochter im Zimmer umher, das Ziel
schon ins Auge fassend, das allem was Leben atmet gesteckt ist; dergestalt,
daß ihn, bei Überlesung dieser fürchterlichen Anzeige, der Schlag augenblicklich rührte, und er, indem er das Blatt fallen ließ, mit gelähmten
Gliedern auf den Fußboden niederschlug. Die Brüder, die gegenwärtig waren, hoben ihn bestürzt vom Boden auf, und riefen einen Arzt herbei, der
zu seiner Pflege, in den Nebengebäuden wohnte; aber alle Mühe, ihn wieder
ins Leben zurückzubringen, war umsonst: er gab, während Frau Littegarde
besinnungslos in dem Schoß ihrer Frauen lag, seinen Geist auf, und diese,
da sie erwachte, hatte auch nicht den letzten bittersüßen Trost, ihm ein
Wort zur Verteidigung ihrer Ehre in die Ewigkeit mitgegeben zu haben.
Das Schrecken der beiden Brüder über diesen heillosen Vorfall, und ihre
Wut über die der Schwester angeschuldigte und leider nur zu wahrschein-
liche Schandtat, die ihn veranlaßt hatte, war unbeschreiblich. Denn sie
wußten nur zu wohl, daß Graf Jakob der Rotbart ihr in der Tat, während
des ganzen vergangenen Sommers, angelegentlich den Hof gemacht hatte;
mehrere Tourniere und Bankette waren bloß ihr zu Ehren von ihm angestellt, und sie, auf eine schon damals sehr anstößige Weise, vor allen andern
Frauen, die er zur Gesellschaft zog, von ihm ausgezeichnet worden. Ja, sie
erinnerten sich, daß Littegarde, grade um die Zeit des besagten Remigiusta-
ges, ebendiesen von ihrem Gemahl herstammenden Ring, der sich jetzt,
auf sonderbare Weise in den Händen des Grafen Jakob wiederfand, auf einem Spaziergang verloren zu haben vorgegeben hatte; dergestalt, daß sie
nicht einen Augenblick an der Wahrhaftigkeit der Aussage, die der Graf
vor Gericht gegen sie abgeleistet hatte, zweifelten. Vergebens – inzwischen
unter den Klagen des Hofgesindes die väterliche Leiche weggetragen ward –
umklammerte sie, nur um einen Augenblick Gehör bittend, die Knie ihrer
Brüder; Rudolph, vor Entrüstung flammend, fragte sie, indem er sich zu
ihr wandte: ob sie einen Zeugen für die Nichtigkeit der Beschuldigung für
sich aufstellen könne? und da sie unter Zittern und Beben erwiderte: daß

sie sich leider auf nichts, als die Unsträflichkeit ihres Lebenswandels berufen könne, indem ihre Zofe grade wegen eines Besuchs, den sie in der bewußten Nacht bei ihren Eltern abgestattet, aus ihrem Schlafzimmer abwesend gewesen sei: so stieß Rudolph sie mit Füßen von sich, riß ein Schwert das an der Wand hing, aus der Scheide, und befahl ihr, in mißgeschaffner Leidenschaft tobend, indem er Hunde und Knechte herbeirief, augenblicklich das Haus und die Burg zu verlassen: Littegarde stand bleich wie Kreide, vom Boden auf; sie bat, indem sie seinen Mißhandlungen schweigend auswich, ihr wenigstens zur Anordnung der erforderten Abreise die nötige Zeit zu lassen; doch Rudolph antwortete weiter nichts, als, vor Wut schäumend: hinaus, aus dem Schloß! dergestalt, daß da er auf seine eigne Frau, die ihm mit der Bitte um Schonung und Menschlichkeit, in den Weg trat, nicht hörte, und sie, durch einen Stoß mit dem Griff des Schwerts, der ihr das Blut fließen machte, rasend auf die Seite warf, die unglückliche Littegarde, mehr tot als lebendig, das Zimmer verließ: sie wankte, von den Blicken der gemeinen Menge umstellt, über den Hofraum der Schloßpforte zu, wo Rudolph ihr ein Bündel mit Wäsche, wozu er einiges Geld legte, hinausreichen ließ, und selbst hinter ihr, unter Flüchen und Verwünschungen, die Torflügel verschloß.

Dieser plötzliche Sturz, von der Höhe eines heiteren und fast ungetrübten Glücks, in die Tiefe eines unabsehbaren und gänzlich hülflosen Elends, war mehr als das arme Weib ertragen konnte. Unwissend, wohin sie sich wenden solle, wankte sie, gestützt am Geländer, den Felsenpfad hinab, um sich wenigstens für die einbrechende Nacht ein Unterkommen zu verschaffen; doch ehe sie noch den Eingang des Dörfchens, das verstreut im Tale lag, erreicht hatte, sank sie schon ihrer Kräfte beraubt, auf den Fußboden nieder. Sie mochte, allen Erdenleiden entrückt, wohl eine Stunde so gelegen haben, und völlige Finsternis deckte schon die Gegend, als sie, umringt von mehreren mitleidigen Einwohnern des Orts, erwachte. Denn ein Knabe, der am Felsenabhang spielte, hatte sie daselbst bemerkt, und in dem Hause seiner Eltern von einer so sonderbaren und auffallenden Erscheinung Bericht abgestattet; worauf diese, die von Littegarden mancherlei Wohltaten empfangen hatten, äußerst bestürzt sie in einer so trostlosen Lage zu wissen, sogleich aufbrachen, um ihr mit Hülfe, so gut es in ihren Kräften stand, beizuspringen. Sie erholte sich durch die Bemühungen dieser Leute gar bald, und gewann auch, bei dem Anblick der Burg, die hinter ihr verschlossen war, ihre Besinnung wieder; sie weigerte sich aber das Anerbieten zweier Weiber, sie wieder auf das Schloß hinauf zu führen, anzunehmen, und bat nur um die Gefälligkeit, ihr sogleich einen Führer herbeizuschaffen, um ihre Wanderung fortzusetzen. Vergebens stellten ihr die Leute vor, daß sie in ihrem

Zustande keine Reise antreten könne; Littegarde bestand unter dem Vorwand, daß ihr Leben in Gefahr sei, darauf, augenblicklich die Grenzen des Burggebiets zu verlassen; ja, sie machte, da sich der Haufen um sie, ohne ihr zu helfen, immer vergrößerte, Anstalten, sich mit Gewalt loszureißen, und sich allein, trotz der Dunkelheit der hereinbrechenden Nacht, auf den Weg zu begeben; dergestalt daß die Leute notgedrungen, aus Furcht, von der Herrschaft, falls ihr ein Unglück zustieße, dafür in Anspruch genommen zu werden, in ihren Wunsch willigten, und ihr ein Fuhrwerk herbeischafften, das mit ihr, auf die wiederholt an sie gerichtete Frage, wohin sie sich denn eigentlich wenden wolle, nach Basel abfuhr.

Aber schon vor dem Dorfe änderte sie, nach einer aufmerksamern Erwägung der Umstände, ihren Entschluß, und befahl ihrem Führer umzukehren, und sie nach der, nur wenige Meilen entfernten Trotenburg zu fahren. Denn sie fühlte wohl, daß sie ohne Beistand, gegen einen solchen Gegner, als der Graf Jakob der Rotbart war, vor dem Gericht zu Basel nichts ausrichten würde; und niemand schien ihr des Vertrauens, zur Verteidigung ihrer Ehre aufgerufen zu werden, würdiger, als ihr wackerer, ihr in Liebe, wie sie wohl wußte, immer noch ergebener Freund, der treffliche Kämmerer Herr Friedrich von Trota. Es mochte ohngefähr Mitternacht sein, und die Lichter im Schlosse schimmerten noch, als sie äußerst ermüdet von der Reise, mit ihrem Fuhrwerk daselbst ankam. Sie schickte einen Diener des Hauses, der ihr entgegenkam, hinauf, um der Familie ihre Ankunft anmelden zu lassen; doch ehe dieser noch seinen Auftrag vollführt hatte, traten auch schon Fräulein Bertha und Kunigunde, Herrn Friedrichs Schwestern, vor die Tür hinaus, die zufällig, in Geschäften des Haushalts, im untern Vorsaal waren. Die Freundinnen hoben Littegarden, die ihnen gar wohl bekannt war, unter freudigen Begrüßungen vom Wagen, und führten sie, obschon nicht ohne einige Beklemmung, zu ihrem Bruder hinauf, der in Akten, womit ihn ein Prozeß überschüttete, versenkt, an einem Tische saß. Aber wer beschreibt das Erstaunen Herrn Friedrichs, als er auf das Geräusch, das sich hinter ihm erhob, sein Antlitz wandte, und Frau Littegarden, bleich und entstellt, ein wahres Bild der Verzweiflung, vor ihm auf Knien niedersinken sah. »Meine teuerste Littegarde!« rief er, indem er aufstand, und sie vom Fußboden erhob: »was ist Euch widerfahren?« Littegarde, nachdem sie sich auf einen Sessel niedergelassen hatte, erzählte ihm, was vorgefallen; welch eine verruchte Anzeige der Graf Jakob der Rotbart, um sich von dem Verdacht, wegen Ermordung des Herzogs, zu reinigen, vor dem Gericht zu Basel in bezug auf sie, vorgebracht habe; wie die Nachricht davon ihrem alten, eben an einer Unpäßlichkeit leidenden Vater augenblicklich den Nervenschlag zugezogen, an welchem er auch, wenige Minuten darauf, in den Armen seiner Söhne verschieden sei; und wie diese in Entrüstung darüber rasend, ohne auf das, was sie zu ihrer Verteidigung vorbringen könne, zu hören, sie mit den entsetzlichsten Mißhandlungen überhäuft, und zuletzt, gleich einer Verbrecherin, aus dem Hause gejagt hatten. Sie bat Herrn Friedrich, sie unter einer schicklichen Begleitung nach Basel zu befördern, und ihr daselbst einen Rechtsgehülfen anzuweisen, der ihr, bei ihrer Erscheinung vor dem von dem Kaiser eingesetzten Gericht, mit klugem und besonnenen Rat, gegen jene schändliche Beschuldigung, zur Seite stehen könne. Sie versicherte, daß ihr aus dem Munde eines Parthers oder Persers, den sie nie mit Augen gesehen, eine solche Behauptung nicht hätte unerwarteter kommen können, als aus dem Munde des Grafen Jakobs des Rotbarts, indem ihr derselbe seines schlechten Rufs sowohl, als seiner äußeren Bildung wegen, immer in der tiefsten Seele verhaßt gewesen sei, und sie die Artigkeiten, die er sich, bei den Festgelagen des vergangenen Sommers, zuweilen die Freiheit genommen ihr zu sagen, stets mit der größten Kälte und Verachtung abgewiesen habe. »Genug, meine teuerste Littegarde!« rief Herr Friedrich, indem er mit edlem Eifer ihre Hand nahm, und an seine Lippen drückte: »verliert kein Wort zur Verteidigung und Rechtfertigung Eurer Unschuld! In meiner Brust spricht eine Stimme für Euch, weit lebhafter und überzeugender, als alle Versicherungen, ja selbst als alle Rechtsgründe und Beweise, die Ihr vielleicht aus der Verbindung der Umstände und Begebenheiten, vor dem Gericht zu Basel für Euch aufzubringen vermögt. Nehmt mich, weil Eure ungerechten und ungroßmütigen Brüder Euch verlassen, als Euren Freund und Bruder an, und gönnt mir den Ruhm, Euer Anwalt in dieser Sache zu sein; ich will den Glanz Eurer Ehre vor dem Gericht zu Basel und vor dem Urteil der ganzen Welt wiederherstellen!« Damit führte er Littegarden, deren Tränen vor Dankbarkeit und Rührung, bei so edelmütigen Äußerungen heftig flossen, zu Frau Helenen, seiner Mutter hinauf, die sich bereits in ihr Schlafzimmer zurückgezogen hatte; er stellte sie dieser würdigen alten Dame, die ihr mit besonderer Liebe zugetan war, als eine Gastfreundin vor, die sich, wegen eines Zwistes, der in ihrer Familie ausgebrochen, entschlossen habe, ihren Aufenthalt während einiger Zeit auf seiner Burg zu nehmen; man räumte ihr noch in derselben Nacht einen ganzen Flügel des weitläufigen Schlosses ein, erfüllte, aus dem Vorrat der Schwestern, die Schränke, die sich darin befanden, reichlich mit Kleidern und Wäsche für sie, wies ihr auch, ganz Ihrem Range gemäß, eine anständige ja prächtige Dienerschaft an: und schon am dritten Tage befand sich Herr Friedrich von Trota, ohne sich über die Art und Weise, wie er seinen Beweis vor Gericht zu führen gedachte, auszulassen, mit einem zahlreichen Gefolge von Reisigen und Knappen auf der Straße nach Basel.

Inzwischen war, von den Herren von Breda, Littegardens Brüdern, ein Schreiben, den auf der Burg stattgehabten Vorfall anbetreffend, bei dem Gericht zu Basel eingelaufen, worin sie das arme Weib, sei es nun, daß sie dieselbe wirklich für schuldig hielten, oder daß sie sonst Gründe haben mochten, sie zu verderben, ganz und gar, als eine überwiesene Verbrecherin, der Verfolgung der Gesetze preisgaben. Wenigstens nannten sie die Verstoßung derselben aus der Burg, unedelmütiger und unwahrhaftiger Weise, eine freiwillige Entweichung; sie beschrieben, wie sie sogleich, ohne irgend etwas zur Verteidigung ihrer Unschuld aufbringen zu können, auf einige entrüstete Äußerungen, die ihnen entfahren wären, das Schloß verlassen habe; und waren, bei der Vergeblichkeit aller Nachforschungen, die sie beteuerten, ihrethalb angestellt zu haben, der Meinung, daß sie jetzt wahrscheinlich, an der Seite eines dritten Abenteurers, in der Welt umirre, um das Maß ihrer Schande zu erfüllen. Dabei trugen sie, zur Ehrenrettung der durch sie beleidigten Familie, darauf an, ihren Namen aus der Geschlechtstafel des Bredaschen Hauses auszustreichen, und begehrten, unter weitläufigen Rechtsdeduktionen, sie, zur Strafe wegen so unerhörter Vergehungen, aller Ansprüche auf die Verlassenschaft des edlen Vaters, den ihre Schande ins Grab gestürzt, für verlustig zu erklären. Nun waren die Richter zu Basel zwar weit entfernt, diesem Antrag, der ohnehin gar nicht vor ihr Forum gehörte, zu willfahren; da inzwischen der Graf Jakob, beim Empfang dieser Nachricht, von seiner Teilnahme an dem Schicksal Littegardens die unzweideutigsten und entscheidendsten Beweise gab, und heimlich, wie man erfuhr, Reuter ausschickte, um sie aufzusuchen und ihr einen Aufenthalt auf seiner Burg anzubieten: so setzte das Gericht in die Wahrhaftigkeit seiner Aussage keinen Zweifel mehr, und beschloß die Klage die wegen Ermordung des Herzogs über ihn schwebte, sofort aufzuheben. Ja, diese Teilnahme, die er der Unglücklichen in diesem Augenblick der Not schenkte, wirkte selbst höchst vorteilhaft auf die Meinung des in seinem Wohlwollen für ihn sehr wankenden Volks; man entschuldigte jetzt, was man früherhin schwer gemißbilligt hatte, die Preisgebung einer ihm in Liebe ergebenen Frau, vor der Verachtung aller Welt, und fand, daß ihm unter so außerordentlichen und ungeheuren Umständen, da es ihm nichts Geringeres, als Leben und Ehre galt, nichts übriggeblieben sei, als rücksichtslose Aufdeckung des Abenteuers, das sich in der Nacht des heiligen Remigius zugetragen hatte. Demnach ward, auf ausdrücklichen Befehl des Kaisers, der Graf Jakob der Rotbart von neuem vor Gericht geladen, um feierlich, bei offnen Türen, von dem Verdacht, zur Ermordung des Herzogs mitgewirkt zu haben, freigesprochen zu werden. Eben hatte der Herold, unter den Hallen des weitläufigen Gerichtssaals, das Schreiben der Herren von Breda abgelesen, und das Gericht machte sich bereit, dem Schluß des Kaisers gemäß, in bezug auf den ihm zur Seite stehenden Angeklagten, zu einer förmlichen Ehrenerklärung zu schreiten: als Herr Friedrich von Trota vor die Schranken trat, und sich, auf das allgemeine Recht jedes unparteiischen Zuschauers gestützt, den Brief auf einen Augenblick zur Durchsicht ausbat. Man willigte, während die Augen alles Volks auf ihn gerichtet waren, in seinen Wunsch; aber kaum hatte Herr Friedrich aus den Händen des Herolds das Schreiben erhalten, als er es, nach einem flüchtig hineingeworfenen Blick, von oben bis unten zerriß, und die Stücken, samt seinem Handschuh, die er zusammenwickelte, mit der Erklärung dem Grafen Jakob dem Rotbart ins Gesicht warf: daß er ein schändlicher und niederträchtiger Verleumder, und er entschlossen sei, die Schuldlosigkeit Frau Littegardens an dem Frevel, den er ihr vorgeworfen, auf Tod und Leben, vor aller Welt, im Gottesurteil zu beweisen! – Graf Jakob der Rotbart, nachdem er, blaß im Gesicht, den Handschuh aufgenommen, sagte: »so gewiß als Gott gerecht, im Urteil der Waffen, entscheidet, so gewiß werde ich dir die Wahrhaftigkeit dessen, was ich, Frau Littegarden betreffend, notgedrungen verlautbart, im ehrlichen ritterlichen Zweikampf beweisen! Erstattet, edle Herren«, sprach er, indem er sich zu den Richtern wandte, »kaiserlicher Majestät Bericht von dem Einspruch, welchen Herr Friedrich getan, und ersucht sie, uns Stunde und Ort zu bestimmen, wo wir uns, mit dem Schwert in der Hand, zur Entscheidung dieser Streitsache begegnen können!« Demgemäß schickten die Richter, unter Aufhebung der Session, eine Deputation, mit dem Bericht über diesen Vorfall an den Kaiser ab; und da dieser durch das Auftreten Herrn Friedrichs, als Verteidiger Littegardens, nicht wenig in seinem Glauben an die Unschuld des Grafen irregeworden war: so rief er, wie es die Ehrengesetze erforderten, Frau Littegarden, zur Beiwohnung des Zweikampfs, nach Basel, und setzte zur Aufklärung des sonderbaren Geheimnisses, das über dieser Sache schwebte, den Tag der heiligen Margarethe als die Zeit, und den Schloßplatz zu Basel als den Ort an, wo beide, Herr Friedrich von Trota und der Graf Jakob der Rotbart, in Gegenwart Frau Littegardens einander treffen sollten.

Eben ging, diesem Schluß gemäß, die Mittagssonne des Margarethentages über die Türme der Stadt Basel, und eine unermeßliche Menschenmenge, für welche man Bänke und Gerüste zusammengezimmert hatte, war auf dem Schloßplatz versammelt, als auf den dreifachen Ruf des vor dem Altan der Kampfrichter stehenden Herolds, beide, von Kopf zu Fuß in schimmerndes Erz gerüstet, Herr Friedrich und der Graf Jakob, zur Ausfechtung ihrer Sache, in die Schranken traten. Fast die ganze Ritterschaft von Schwaben und der Schweiz war auf der Rampe des im Hintergrund befindlichen

Schlosses gegenwärtig; und auf dem Balkon desselben saß, von seinem Hofgesinde umgeben, der Kaiser selbst, nebst seiner Gemahlin, und den Prinzen und Prinzessinnen, seinen Söhnen und Töchtern. Kurz vor Beginn des Kampfes, während die Richter Licht und Schatten zwischen den Kämpfern teilten, traten Frau Helena und ihre beiden Töchter Bertha und Kunigunde, welche Littegarden nach Basel begleitet hatten, noch einmal an die Pforten des Platzes, und baten die Wächter, die daselbst standen, um die Erlaubnis, eintreten, und mit Frau Littegarden, welche, einem uralten Gebrauch gemäß, auf einem Gerüst innerhalb der Schranken saß, ein Wort sprechen zu dürfen. Denn obschon der Lebenswandel dieser Dame die vollkommenste Achtung und ein ganz uneingeschränktes Vertrauen in die Wahrhaftigkeit ihrer Versicherungen zu erfordern schien, so stürzte doch der Ring, den der Graf Jakob aufzuweisen hatte, und noch mehr der Umstand, daß Littegarde ihre Kammerzofe, die einzige, die ihr hätte zum Zeugnis dienen können, in der Nacht des heiligen Remigius beurlaubt hatte, ihre Gemüter in die lebhafteste Besorgnis; sie beschlossen die Sicherheit des Bewußtseins, das der Angeklagten inwohnte, im Drang dieses entscheidenden Augenblicks, noch einmal zu prüfen, und ihr die Vergeblichkeit, ja Gotteslästerlichkeit des Unternehmens, falls wirklich eine Schuld ihre Seele drückte, auseinanderzusetzen, sich durch den heiligen Ausspruch der Waffen, der die Wahrheit unfehlbar ans Licht bringen würde, davon reinigen zu wollen. Und in der Tat hatte Littegarde alle Ursache, den Schritt, den Herr Friedrich jetzt für sie tat, wohl zu überlegen; der Scheiterhaufen wartete ihrer sowohl, als ihres Freundes, des Ritters von Trota, falls Gott sich im eisernen Urteil nicht für ihn, sondern für den Grafen Jakob den Rotbart, und für die Wahrheit der Aussage entschied, die derselbe vor Gericht gegen sie abgeleistet hatte. Frau Littegarde, als sie Herrn Friedrichs Mutter und Schwestern zur Seite eintreten sah, stand, mit dem ihr eigenen Ausdruck von Würde, der durch den Schmerz, welcher über ihr Wesen verbreitet war, noch rührender ward, von ihrem Sessel auf, und fragte sie, indem sie ihnen entgegenging: was sie in einem so verhängnisvollen Augenblick zu ihr führe? »Mein liebes Töchterchen«, sprach Frau Helena, indem sie dieselbe auf die Seite führte: »wollt Ihr einer Mutter, die keinen Trost im öden Alter, als den Besitz ihres Sohnes hat, den Kummer ersparen, ihn an seinem Grabe beweinen zu müssen; Euch, ehe noch der Zweikampf beginnt, reichlich beschenkt und ausgestattet, auf einen Wagen setzen, und eins von unsern Gütern, das jenseits des Rheins liegt, und Euch anständig und freundlich empfangen wird, von uns zum Geschenk annehmen?« Littegarde, nachdem sie ihr, mit einer Blässe, die ihr über das Antlitz flog, einen Augenblick starr ins Gesicht gesehen hatte, bog, sobald sie die Bedeu-

tung dieser Worte in ihrem ganzen Umfang verstanden hatte, ein Knie vor
ihr. Verehrungswürdigste und vortreffliche Frau! sprach sie; kommt die
Besorgnis, daß Gott sich, in dieser entscheidenden Stunde, gegen die Unschuld meiner Brust erklären werde, aus dem Herzen Eures edlen Sohnes? –
»Weshalb?« fragte Frau Helena. – Weil ich ihn in diesem Falle beschwöre,
das Schwert, das keine vertrauensvolle Hand führt, lieber nicht zu zücken,
und die Schranken, unter welchem schicklichen Vorwand es sei, seinem
Gegner zu räumen: mich aber, ohne dem Gefühl des Mitleids, von dem
ich nichts annehmen kann, ein unzeitiges Gehör zu geben, meinem
Schicksal, das ich in Gottes Hand stelle, zu überlassen! – »Nein!« sagte Frau
Helena verwirrt; »mein Sohn weiß von nichts! Es würde ihm, der vor Ge-
richt sein Wort gegeben hat, Eure Sache zu verfechten, wenig anstehen,
Euch jetzt, da die Stunde der Entscheidung schlägt, einen solchen Antrag
zu machen. Im festen Glauben an Eure Unschuld steht er, wie Ihr seht,
bereits zum Kampf gerüstet, dem Grafen Eurem Gegner gegenüber; es war
ein Vorschlag, den wir uns, meine Töchter und ich, in der Bedrängnis des
Augenblicks, zur Berücksichtigung aller Vorteile und Vermeidung alles
Unglücks ausgedacht haben.« – Nun, sagte Frau Littegarde, indem sie die
Hand der alten Dame, unter einem heißen Kuß, mit ihren Tränen befeuch-
tete: so laßt ihn sein Wort lösen! Keine Schuld befleckt mein Gewissen;
und ginge er ohne Helm und Harnisch in den Kampf, Gott und alle seine
Engel beschirmen ihn! Und damit stand sie vom Boden auf, und führte
Frau Helena und ihre Töchter auf einige, innerhalb des Gerüstes befindliche
Sitze, die hinter dem, mit roten Tuch beschlagenen Sessel, auf dem sie sich
selbst niederließ, aufgestellt waren.

Hierauf blies der Herold, auf den Wink des Kaisers, zum Kampf, und
beide Ritter, Schild und Schwert in der Hand, gingen aufeinander los. Herr
Friedrich verwundete gleich auf den ersten Hieb den Grafen; er verletzte
ihn mit der Spitze seines, nicht eben langen Schwertes da, wo zwischen
Arm und Hand die Gelenke der Rüstung ineinander griffen; aber der Graf,
der, durch die Empfindung geschreckt, zurücksprang, und die Wunde un-
tersuchte, fand, daß, obschon das Blut heftig floß, doch nur die Haut
obenhin geritzt war: dergestalt, daß er auf das Murren der auf der Rampe
befindlichen Ritter, über die Unschicklichkeit dieser Aufführung, wieder
vordrang, und den Kampf, mit erneuerten Kräften, einem völlig Gesunden
gleich, wieder fortsetzte. Jetzt wogte zwischen beiden Kämpfern der Streit,
wie zwei Sturmwinde einander begegnen, wie zwei Gewitterwolken, ihre
Blitze einander zusendend, sich treffen, und, ohne sich zu vermischen, unter
dem Gekrach häufiger Donner, getürmt umeinander herumschweben. Herr
Friedrich stand, Schild und Schwert vorstreckend, auf dem Boden, als ob

er darin Wurzel fassen wollte, da; bis an die Sporen grub er sich, bis an die Knöchel und Waden, in dem, von seinem Pflaster befreiten, absichtlich aufgelockerten, Erdreich ein, die tückischen Stöße des Grafen, der, klein und behend, gleichsam von allen Seiten zugleich angriff, von seiner Brust und seinem Haupt abwehrend. Schon hatte der Kampf, die Augenblicke der Ruhe, zu welcher Entatmung beide Parteien zwang, mitgerechnet, fast eine Stunde gedauert: als sich von neuem ein Murren unter den auf dem Gerüst befindlichen Zuschauern erhob. Es schien, es galt diesmal nicht den Grafen Jakob, der es an Eifer, den Kampf zu Ende zu bringen, nicht fehlen ließ, sondern Herrn Friedrichs Einpfählung auf einem und demselben Fleck, und seine seltsame, dem Anschein nach fast eingeschüchterte, wenigstens starrsinnige Enthaltung alles eignen Angriffs. Herr Friedrich, obschon sein Verfahren auf guten Gründen beruhen mochte, fühlte dennoch zu leise, als daß er es nicht sogleich gegen die Forderung derer, die in diesem Augenblick über seine Ehre entschieden, hätte aufopfern sollen; er trat mit einem mutigen Schritt aus dem, sich von Anfang herein gewählten Standpunkt, und der Art natürlicher Verschanzung, die sich um seinen Fußtritt gebildet hatte, hervor, über das Haupt seines Gegners, dessen Kräfte schon zu sinken anfingen, mehrere derbe und ungeschwächte Streiche, die derselbe jedoch unter geschickten Seitenbewegungen mit seinem Schild aufzufangen wußte, danieder schmetternd. Aber schon in den ersten Momenten dieses dergestalt veränderten Kampfs, hatte Herr Friedrich ein Unglück, das die Anwesenheit höherer, über den Kampf waltender Mächte nicht eben anzudeuten schien; er stürzte, den Fußtritt in seinen Sporen verwickelnd, stolpernd abwärts, und während er, unter der Last des Helms und des Harnisches, die seine oberen Teile beschwerten, mit in dem Staub vorgestützter Hand, in die Knie sank, stieß ihm Graf Jakob der Rotbart, nicht eben auf die edelmütigste und ritterlichste Weise, das Schwert in die dadurch bloßgegebene Seite. Herr Friedrich sprang, mit einem Laut des augenblicklichen Schmerzes, von der Erde empor. Er drückte sich zwar den Helm in die Augen, und machte, das Antlitz rasch seinem Gegner wieder zuwendend, Anstalten, den Kampf fortzusetzen: aber während er sich, mit vor Schmerz krummgebeugtem Leibe auf seinen Degen stützte, und Dunkelheit seine Augen umfloß: stieß ihm der Graf seinen Flamberg noch zweimal, dicht unter dem Herzen, in die Brust; worauf er, von seiner Rüstung umrasselt, zu Boden schmetterte, und Schwert und Schild neben sich niederfallen ließ. Der Graf setzte ihm, nachdem er die Waffen über die Seite geschleudert, unter einem dreifachen Tusch der Trompeten, den Fuß auf die Brust; und inzwischen alle Zuschauer, der Kaiser selbst an der Spitze, unter dumpfen Ausrufungen des Schreckens und Mitleidens, von ihren Sitzen aufstanden:

stürzte sich Frau Helena, im Gefolge ihrer beiden Töchter, über ihren teuern, sich in Staub und Blut wälzenden Sohn. »O mein Friedrich!« rief sie, an seinem Haupt jammernd niederkniend; während Frau Littegarde ohnmächtig und besinnungslos, durch zwei Häscher, von dem Boden des Gerüstes, auf welchen sie herabgesunken war, aufgehoben und in ein Gefängnis getragen ward. »Und o die Verruchte«, setzte sie hinzu, »die Verworfene, die, das Bewußtsein der Schuld im Busen, hierher zu treten, und den Arm des treusten und edelmütigsten Freundes zu bewaffnen wagt, um ihr ein Gottesurteil, in einem ungerechten Zweikampf zu erstreiten!« Und damit hob sie den geliebten Sohn, inzwischen die Töchter ihn von seinem Harnisch befreiten, wehklagend vom Boden auf, und suchte ihm das Blut, das aus seiner edlen Brust vordrang, zu stillen. Aber Häscher traten auf Befehl des Kaisers herbei, die auch ihn, als einen dem Gesetz Verfallenen, in Verwahrsam nahmen; man legte ihn, unter Beihülfe einiger Ärzte, auf eine Bahre, und trug ihn, unter der Begleitung einer großen Volksmenge gleichfalls in ein Gefängnis, wohin Frau Helena jedoch und ihre Töchter, die Erlaubnis bekamen, ihm, bis an seinen Tod, an dem niemand zweifelte, folgen zu dürfen.

Es zeigte sich aber gar bald, daß Herrn Friedrichs Wunden, so lebensgefährliche und zarte Teile sie auch berührten, durch eine besondere Fügung des Himmels nicht tödlich waren; vielmehr konnten die Ärzte, die man ihm zugeordnet hatte, schon wenige Tage darauf die bestimmte Versicherung an die Familie geben, daß er am Leben erhalten werden würde, ja, daß er, bei der Stärke seiner Natur, binnen wenigen Wochen, ohne irgendeine Verstümmlung an seinem Körper zu erleiden, wiederhergestellt sein würde. Sobald ihm seine Besinnung, deren ihn der Schmerz während langer Zeit beraubte, wiederkehrte, war seine an die Mutter gerichtete Frage unaufhörlich: was Frau Littegarde mache? Er konnte sich der Tränen nicht enthalten, wenn er sich dieselbe in der Öde des Gefängnisses, der entsetzlichsten Verzweiflung zum Raube hingegeben dachte, und forderte die Schwestern, indem er ihnen liebkosend das Kinn streichelte, auf, sie zu besuchen und sie zu trösten. Frau Helena, über diese Äußerung betroffen, bat ihn, diese Schändliche und Niederträchtige zu vergessen; sie meinte, daß das Verbrechen, dessen der Graf Jakob vor Gericht Erwähnung getan, und das nun durch den Ausgang des Zweikampfs ans Tageslicht gekommen, verziehen werden könne, nicht aber die Schamlosigkeit und Frechheit, mit dem Bewußtsein dieser Schuld, ohne Rücksicht auf den edelsten Freund, den sie dadurch ins Verderben stürze, das geheiligte Urteil Gottes, gleich einer Unschuldigen, für sich aufzurufen. »Ach, meine Mutter«, sprach der Kämmerer, »wo ist der Sterbliche, und wäre die Weisheit aller Zeiten sein, der es wagen darf, den geheimnisvollen Spruch, den Gott in diesem Zweikampf getan hat, auszulegen?« – »Wie?« rief Frau Helena: »blieb der Sinn dieses göttlichen Spruchs dir dunkel? Hast du nicht, auf eine nur leider zu bestimmte und unzweideutige Weise, dem Schwert deines Gegners im Kampf unterlegen?« – Sei es! versetzte Herr Friedrich: auf einen Augenblick unterlag ich ihm. Aber ward ich durch den Grafen überwunden? Leb ich nicht? Blühe ich nicht, wie unter dem Hauch des Himmels, wunderbar wieder empor, vielleicht in wenig Tagen schon mit der Kraft doppelt und dreifach ausgerüstet, den Kampf, in dem ich durch einen nichtigen Zufall gestört ward, von neuem wieder aufzunehmen? – »Törichter Mensch!« rief die Mutter. »Und weißt du nicht, daß ein Gesetz besteht, nach welchem ein Kampf, der einmal nach dem Ausspruch der Kampfrichter abgeschlossen ist, nicht wieder zur Ausfechtung derselben Sache vor den Schranken des göttlichen Gerichts aufgenommen werden darf?« – Gleichviel! versetzte der Kämmerer unwillig. Was kümmern mich diese willkürlichen Gesetze der Menschen? Kann ein Kampf, der nicht bis an den Tod eines der beiden Kämpfer fortgeführt worden ist, nach jeder vernünftigen Schätzung der Verhältnisse für abgeschlossen gehalten werden? und dürfte ich nicht, falls mir ihn wieder aufzunehmen gestattet wäre, hoffen, den Unfall, der mich betroffen, wieder herzustellen, und mir mit dem Schwert einen ganz andern Spruch Gottes zu erkämpfen, als den, der jetzt beschränkter und kurzsichtiger Weise dafür angenommen wird? »Gleichwohl«, entgegnete die Mutter bedenklich, »sind diese Gesetze, um welche du dich nicht zu bekümmern vorgibst, die waltenden und herrschenden; sie üben, verständig oder nicht, die Kraft göttlicher Satzungen aus, und überliefern dich und sie, wie ein verabscheuungswürdiges Frevelpaar, der ganzen Strenge der peinlichen Gerichtsbarkeit.« – Ach, rief Herr Friedrich; das eben ist es, was mich Jammervollen in Verzweiflung stürzt! Der Stab ist, einer Überwiesenen gleich, über sie gebrochen; und ich, der ihre Tugend und Unschuld vor der Welt erweisen wollte, bin es, der dies Elend über sie gebracht: ein heilloser Fehltritt in die Riemen meiner Sporen, durch den Gott mich vielleicht, ganz unabhängig von ihrer Sache, der Sünden meiner eignen Brust wegen, strafen wollte, gibt ihre blühenden Glieder der Flamme und ihr Andenken ewiger Schande preis! – – Bei diesen Worten stieg ihm die Träne heißen männlichen Schmerzes ins Auge; er kehrte sich, indem er sein Tuch ergriff, der Wand zu, und Frau Helena und ihre Töchter knieten in stiller Rührung an seinem Bett nieder, und mischten, indem sie seine Hand küßten, ihre Tränen mit den seinigen. Inzwischen war der Turmwächter, mit Speisen für ihn und die Seinigen, in sein Zimmer getreten, und da Herr Friedrich ihn fragte, wie sich Frau Littegarde befinde: vernahm er in abgerissenen und nachlässigen Worten desselben, daß sie auf einem Bündel Stroh liege, und noch seit dem Tage, da sie eingesetzt worden, kein Wort von sich gegeben habe. Herr Friedrich ward durch diese Nachricht in die äußerste Besorgnis gestürzt; er trug ihm auf, der Dame, zu ihrer Beruhigung zu sagen, daß er, durch eine sonderbare Schickung des Himmels, in seiner völligen Besserung begriffen sei, und bat sich von ihr die Erlaubnis aus, sie nach Wiederherstellung seiner Gesundheit, mit Genehmigung des Schloßvogts, einmal in ihrem Gefängnis besuchen zu dürfen. Doch die Antwort, die der Turmwächter von ihr, nach mehrmaligem Rütteln derselben am Arm, da sie wie eine Wahnsinnige, ohne zu hören und zu sehen, auf dem Stroh lag, empfangen zu haben, vorgab, war: nein, sie wolle, solange sie auf Erden sei, keinen Menschen mehr sehen; – ja, man erfuhr, daß sie noch an demselben Tage dem Schloßvogt, in einer eigenhändigen Zuschrift, befohlen hatte, niemanden, wer es auch sei, den Kämmerer von Trota aber am allerwenigsten, zu ihr zu lassen; dergestalt, daß Herr Friedrich, von der heftigsten Bekümmernis über ihren Zustand getrieben, an einem Tage, an welchem er seine Kraft besonders lebhaft wiederkehren fühlte, mit Erlaubnis des Schloßvogts aufbrach, und sich, ihrer Verzeihung gewiß, ohne bei ihr angemeldet worden zu sein, in Begleitung seiner Mutter und beiden Schwestern, nach ihrem Zimmer verfügte.

Aber wer beschreibt das Entsetzen der unglücklichen Littegarde, als sie sich, bei dem an der Tür entstehenden Geräusch, mit halb offner Brust und aufgelöstem Haar, von dem Stroh, das ihr untergeschüttet war, erhob und statt des Turmwächters, den sie erwartete, den Kämmerer, ihren edlen und vortrefflichen Freund, mit manchen Spuren der ausgestandenen Leiden, eine wehmütige und rührende Erscheinung, an Berthas und Kunigundens Arm bei sich eintreten sah. »Hinweg!« rief sie, indem sie sich mit dem Ausdruck der Verzweiflung rückwärts auf die Decken ihres Lagers zurückwarf, und die Hände vor ihr Antlitz drückte: »wenn dir ein Funken von Mitleid im Busen glimmt, hinweg!« – Wie, meine teuerste Littegarde? versetzte Herr Friedrich. Er stellte sich ihr, gestützt auf seine Mutter, zur Seite und neigte sich in unaussprechlicher Rührung über sie, um ihre Hand zu ergreifen. »Hinweg!« rief sie, mehrere Schritt weit auf Knien vor ihm auf dem Stroh zurückbebend: »wenn ich nicht wahnsinnig werden soll, so berühre mich nicht! Du bist mir ein Greuel; loderndes Feuer ist mir minder schrecklich, als du!« – Ich dir ein Greuel? versetzte Herr Friedrich betroffen. Womit, meine edelmütige Littegarde, hat dein Friedrich diesen Empfang verdient? – Bei diesen Worten setzte ihm Kunigunde, auf den Wink der Mutter, einen Stuhl hin, und lud ihn, schwach wie er war, ein, sich darauf zu setzen. »O Jesus!« rief jene, indem sie sich, in der entsetzlichsten Angst, das Antlitz ganz auf den Boden gestreckt, vor ihm niederwarf: »räume das Zimmer, mein Geliebter, und verlaß mich! Ich umfasse in heißer Inbrunst deine Knie, ich wasche deine Füße mit meinen Tränen, ich flehe dich, wie ein Wurm vor dir im Staube gekrümmt, um die einzige Erbarmung an: räume, mein Herr und Gebieter, räume mir das Zimmer, räume es augenblicklich und verlaß mich!« – Herr Friedrich stand durch und durch erschüttert vor ihr da. Ist dir mein Anblick so unerfreulich Littegarde? fragte er, indem er ernst auf sie niederschaute. »Entsetzlich, unerträglich, vernichtend!« antwortete Littegarde, ihr Gesicht mit verzweiflungsvoll vorgestützten Händen, ganz zwischen die Sohlen seiner Füße bergend. »Die Hölle, mit allen Schauern und Schrecknissen, ist süßer mir und anzuschauen lieblicher, als der Frühling deines mir in Huld und Liebe zugekehrten Angesichts!« – Gott im Himmel! rief der Kämmerer; was soll ich von dieser Zerknirschung deiner Seele denken? Sprach das Gottesurteil, Unglückliche, die Wahrheit, und bist du des Verbrechens, dessen dich der Graf vor Gericht geziehen hat, bist du dessen schuldig? – »Schuldig, überwiesen, verworfen, in Zeitlichkeit und Ewigkeit verdammt und verurteilt!« rief Littegarde, indem sie sich den Busen, wie eine Rasende zerschlug: »Gott ist wahrhaftig und untrüglich; geh, meine Sinne reißen, und meine Kraft bricht. Laß mich mit meinem Jammer und meiner Verzweiflung allein!« – Bei diesen Worten fiel Herr Friedrich in Ohnmacht; und während Littegarde sich mit einem Schleier das Haupt verhüllte, und sich, wie in gänzlicher Verabschiedung von der Welt, auf ihr Lager zurücklegte, stürzten Bertha und Kunigunde jammernd über ihren entseelten Bruder, um ihn wieder ins Leben zurückzurufen. »O sei verflucht!« rief Frau Helena, da der Kämmerer wieder die Augen aufschlug: »verflucht zu ewiger Reue diesseits des Grabes, und jenseits desselben zu ewiger Verdammnis: nicht wegen der Schuld, die du jetzt eingestehst, sondern wegen der Unbarmherzigkeit und Unmenschlichkeit, sie eher nicht, als bis du meinen schuldlosen Sohn mit dir ins Verderben herabgerissen, einzugestehn! Ich Törin!« fuhr sie fort, indem sie sich verachtungsvoll von ihr abwandte, »hätte ich doch einem Wort, das mir, noch kurz vor Eröffnung des Gottesgerichts, der Prior des hiesigen Augustinerklosters anvertraut, bei dem der Graf, in frommer Vorbereitung zu der entscheidenden Stunde, die ihm bevorstand, zur Beichte gewesen, Glauben geschenkt! Ihm hat er, auf die heilige Hostie, die Wahrhaftigkeit der Angabe, die er vor Gericht in bezug auf die Elende, niedergelegt, beschworen; die Gartenpforte hat er ihm bezeichnet, an welcher sie ihn, der Verabredung gemäß, beim Einbruch der Nacht erwartet und empfangen, das Zimmer ihm, ein Seitengemach des unbewohnten Schloßturms, beschrieben, worin sie ihn, von den Wächtern unbemerkt, eingeführt, das Lager, von Polstern bequem und prächtig unter einem Thronhimmel aufgestapelt, worauf sie sich, in schamloser Schwelgerei, heimlich mit ihm gebettet! Ein Eidschwur in einer solchen Stunde getan, enthält keine Lüge: und hätte ich, Verblendete, meinem Sohn, auch nur noch in dem Augenblick des ausbrechenden Zweikampfs, eine Anzeige davon gemacht: so würde ich ihm die Augen geöffnet haben, und er vor dem Abgrund an welchem er stand, zurückgebebt sein. – Aber komm!« rief Frau Helena, indem sie Herrn Friedrich sanft umschloß, und ihm einen Kuß auf die Stirne drückte: »Entrüstung, die sie der Worte würdigt, ehrt sie; unsern Rücken mag sie erschaun, und vernichtet durch die Vorwürfe, womit wir sie verschonen, verzweifeln!« – Der Elende! versetzte Littegarde, indem sie sich gereizt durch diese Worte emporrichtete. Sie stützte ihr Haupt schmerzvoll auf ihre Knie, und indem sie heiße Tränen auf ihr Tuch niederweinte, sprach sie: Ich erinnere mich, daß meine Brüder und ich, drei Tage vor jener Nacht des heiligen Remigius, auf seinem Schlosse waren; er hatte, wie er oft zu tun pflegte, ein Fest mir zu Ehren veranstaltet, und mein Vater, der den Reiz meiner aufblühenden Jugend gern gefeiert sah, mich bewogen, die Einladung, in Begleitung meiner Brüder, anzunehmen. Spät, nach Beendigung des Tanzes, da ich mein Schlafzimmer besteige, finde ich einen Zettel auf meinem Tisch liegen, der, von unbekannter Hand geschrieben und ohne Namensunterschrift, eine förmliche Liebeserklärung enthielt. Es traf sich, daß meine beiden Brüder grade wegen Verabredung unserer Abreise, die auf den kommenden Tag festgesetzt war, in dem Zimmer gegenwärtig waren; und da ich keine Art des Geheimnisses vor ihnen zu haben gewohnt war, so zeigte ich ihnen, von sprachlosem Erstaunen ergriffen, den sonderbaren Fund, den ich soeben gemacht hatte. Diese, welche sogleich des Grafen Hand erkannten, schäumten vor Wut, und der ältere war willens, sich augenblicks mit dem Papier in sein Gemach zu verfügen; doch der jüngere stellte ihm vor, wie bedenklich dieser Schritt sei, da der Graf die Klugheit gehabt, den Zettel nicht zu unterschreiben; worauf beide in der tiefsten Entwürdigung über eine so beleidigende Aufführung, sich noch in derselben Nacht mit mir in den Wagen setzten, und mit dem Entschluß, seine Burg nie wieder mit ihrer Gegenwart zu beehren, auf das Schloß ihres Vaters zurückkehrten. – Dies ist die einzige Gemeinschaft, setzte sie hinzu, die ich jemals mit diesem Nichtswürdigen und Niederträchtigen gehabt! – »Wie?« sagte der Kämmerer, indem er ihr sein tränenvolles Gesicht zukehrte: »diese Worte waren Musik meinem Ohr! – Wiederhole sie mir!« sprach er nach einer Pause, indem er sich auf Knien vor ihr niederließ, und seine Hände faltete: »Hast du mich, um jenes Elenden willen, nicht verraten, und bist du rein von der Schuld, deren er dich vor Gericht geziehen?« Lieber! flüsterte Littegarde, indem sie seine Hand an ihre Lippen drückte – »Bist du's?« rief der Kämmerer: »bist du's?« – Wie die Brust eines neugebornen Kindes, wie das Gewissen eines aus der Beichte kommenden Menschen, wie die Leiche einer, in der Sakristei, unter der Einkleidung, verschiedenen Nonne! – »O Gott, der Allmächtige!« rief Herr Friedrich, ihre Knie umfassend: »habe Dank! Deine Worte geben mir das Leben wieder; der Tod schreckt mich nicht mehr, und die Ewigkeit, soeben noch wie ein Meer unabsehbaren Elends vor mir ausgebreitet, geht wieder, wie ein Reich voll tausend glänziger Sonnen, vor mir auf!« – Du Unglücklicher, sagte Littegarde, indem sie sich zurückzog: wie kannst du dem, was dir mein Mund sagt, Glauben schenken? – »Warum nicht?« fragte Herr Friedrich glühend. – Wahnsinniger! Rasender! rief Littegarde; hat das geheiligte Urteil Gottes nicht gegen mich entschieden? Hast du dem Grafen nicht in jenem verhängnisvollen Zweikampf unterlegen, und er nicht die Wahrhaftigkeit dessen, was er vor Gericht gegen mich angebracht, ausgekämpft? – »O meine teuerste Littegarde«, rief der Kämmerer: »bewahre deine Sinne vor Verzweiflung! türme das Gefühl, das in deiner Brust lebt, wie einen Felsen empor: halte dich daran und wanke nicht, und wenn Erd und Himmel unter dir und über dir zugrunde gingen! Laß uns, von zwei Gedanken, die die Sinne verwirren, den verständlicheren und begreiflicheren denken, und ehe du dich schuldig glaubst, lieber glauben, daß ich in dem Zweikampf, den ich für dich gefochten, siegte! – Gott, Herr meines Lebens«, setzte er in diesem Augenblick hinzu, indem er seine Hände vor sein Antlitz legte, »bewahre meine Seele selbst vor Verwirrung! Ich meine, so wahr ich selig werden will, vom Schwert meines Gegners nicht überwunden worden zu sein, da ich, schon unter den Staub seines Fußtritts hingeworfen, wieder ins Dasein erstanden bin. Wo liegt die Verpflichtung der höchsten göttlichen Weisheit, die Wahrheit im Augenblick der glaubensvollen Anrufung selbst, anzuzeigen und auszusprechen? O Littegarde«, beschloß er, indem er ihre Hand zwischen die seinigen drückte: »im Leben laß uns auf den Tod, und im Tode auf die Ewigkeit hinaus sehen, und des festen, unerschütterlichen Glaubens sein: deine Unschuld wird, und wird durch den Zweikampf, den ich für dich gefochten, zum heitern, hellen Licht der Sonne gebracht werden!« – Bei diesen Worten trat der Schloßvogt ein, und da er Frau Helena, welche weinend an einem Tisch saß, erinnerte, daß so viele Gemütsbewegungen ihrem Sohne schädlich werden könnten: so kehrte Herr Friedrich, auf das Zureden der Seinigen, nicht ohne das Bewußtsein, einigen Trost gegeben und empfangen zu haben, wieder in sein Gefängnis zurück.

Inzwischen war, vor dem zu Basel von dem Kaiser eingesetzten Tribunal, gegen Herrn Friedrich von Trota sowohl, als seine Freundin, Frau Littegarde von Auerstein, die Klage wegen sündhaft angerufenen göttlichen Schiedsurteils eingeleitet, und beide, dem bestehenden Gesetz gemäß, verurteilt worden, auf dem Platz des Zweikampfs selbst, den schmählichen Tod der Flammen zu erleiden. Man schickte eine Deputation von Räten ab, um es den Gefangenen anzukündigen, und das Urteil würde auch, gleich nach Wiederherstellung des Kämmerers an ihnen vollstreckt worden sein, wenn es des Kaisers geheime Absicht nicht gewesen wäre, den Grafen Jakob den Rotbart, gegen den er eine Art von Mißtrauen nicht unterdrücken konnte, dabei gegenwärtig zu sehen. Aber dieser lag, auf eine in der Tat sonderbare und merkwürdige Weise, an der kleinen, dem Anschein nach unbedeutenden Wunde, die er, zu Anfang des Zweikampfs von Herrn Friedrich erhalten hatte, noch immer krank; ein äußerst verderbter Zustand seiner Säfte verhinderte, von Tage zu Tage, und von Woche zu Woche, die Heilung derselben, und die ganze Kunst der Ärzte, die man nach und nach aus Schwaben und der Schweiz herbeirief, vermochte nicht, sie zu schließen. Ja, ein ätzender der ganzen damaligen Heilkunst unbekannter Eiter, fraß auf eine krebsartige Weise, bis auf den Knochen herab im ganzen System seiner Hand um sich, dergestalt, daß man zum Entsetzen aller seiner Freunde genötigt gewesen war, ihm die ganze schadhafte Hand, und späterhin, da auch hierdurch dem Eiterfraß kein Ziel gesetzt ward, den Arm selbst abzunehmen. Aber auch dies, als eine Radikalkur gepriesene Heilmittel vergrößerte nur, wie man heutzutage leicht eingesehen haben würde, statt ihm abzuhelfen, das Übel; und die Ärzte, da sich sein ganzer Körper nach und nach in Eiterung und Fäulnis auflöste, erklärten, daß keine Rettung für ihn sei, und er noch, vor Abschluß der laufenden Woche, sterben müsse. Vergebens forderte ihn der Prior des Augustinerklosters, der in dieser unerwarteten Wendung der Dinge die furchtbare Hand Gottes zu erblicken glaubte, auf, im bezug auf den zwischen ihm und der Herzogin Regentin bestehenden Streit, die Wahrheit einzugestehen; der Graf nahm, durch und durch erschüttert, noch einmal das heilige Sakrament auf die Wahrhaftigkeit seiner Aussage, und gab, unter allen Zeichen der entsetzlichsten Angst, falls er Frau Littegarden verleumderischer Weise angeklagt hätte, seine Seele der ewigen Verdammnis preis. Nun hatte man, trotz der Sittenlosigkeit seines Lebenswandels, doppelte Gründe, an die innerliche Redlichkeit dieser Versicherung zu glauben: einmal, weil der Kranke in der Tat von einer gewissen Frömmigkeit war, die einen falschen Eidschwur, in solchem Augenblick getan, nicht zu gestatten schien, und dann, weil sich aus einem Verhör, das über den Turmwächter des Schlosses derer von Breda angestellt worden war, welchen er, behufs eines heimlichen Eintritts in die Burg, bestochen zu haben vorgegeben hatte, bestimmt ergab, daß dieser Umstand gegründet, und der Graf wirklich in der Nacht des heiligen Remigius, im Innern des Bredaschen Schlosses gewesen war. Demnach blieb dem Prior fast nichts übrig, als an eine Täuschung des Grafen selbst, durch eine dritte ihm unbekannte Person zu glauben; und noch hatte der Unglückliche, der, bei der Nachricht von der wunderbaren Wiederherstellung des Kämmerers, selbst auf diesen schrecklichen Gedanken geriet, das Ende seines Lebens nicht erreicht, als sich dieser Glaube schon zu seiner Verzweiflung vollkommen bestätigte. Man muß nämlich wissen, daß der Graf schon lange, ehe seine Begierde sich auf Frau Littegarden stellte, mit Rosalien, ihrer Kammerzofe, auf einem nichtswürdigen Fuß lebte; fast bei jedem Besuch, den ihre Herrschaft auf seinem Schlosse abstattete, pflegte er dies Mädchen, welches ein leichtfertiges und sittenloses Geschöpf war, zur Nachtzeit auf sein Zimmer zu ziehen. Da nun Littegarde, bei dem letzten Aufenthalt, den sie mit ihren Brüdern auf seiner Burg nahm, jenen zärtlichen Brief, worin er ihr seine Leidenschaft erklärte, von ihm empfing: so erweckte dies die Empfindlichkeit und Eifersucht dieses seit mehreren Monden schon von ihm vernachlässigten Mädchens; sie ließ, bei der bald darauf erfolgten Abreise Littegardens, welche sie begleiten mußte, im Namen derselben einen Zettel an den Grafen zurück, worin sie ihm meldete, daß die Entrüstung ihrer Brüder über den Schritt, den er getan, ihr zwar keine unmittelbare Zusammenkunft gestattete: ihn aber einlud, sie zu diesem Zweck, in der Nacht des heiligen Remigius, in den Gemächern ihrer väterlichen Burg zu besuchen. Jener, voll Freude über das Glück seiner Unternehmung, fertigte sogleich einen zweiten Brief an Littegarden ab, worin er ihr seine bestimmte Ankunft in der besagten Nacht meldete, und sie nur bat, ihm, zur Vermeidung aller Irrung, einen treuen Führer, der ihn nach ihren Zimmern geleiten könne, entgegenzuschicken; und da die Zofe, in jeder Art der Ränke geübt, auf eine solche Anzeige rechnete, so glückte es ihr, dies Schreiben aufzufangen, und ihm in einer zweiten falschen Antwort zu sagen, daß sie ihn selbst an der Gartenpforte erwarten würde. Darauf, am Abend vor der verabredeten Nacht, bat sie sich unter dem Vorwand, daß ihre Schwester krank sei, und daß sie dieselbe besuchen wolle, von Littegarden einen Urlaub aufs Land aus; sie verließ auch, da sie denselben erhielt, wirklich, spät am Nachmittag, mit einem Bündel Wäsche den sie unter dem Arm trug, das Schloß, und begab sich, vor aller Augen nach der Gegend, wo jene Frau wohnte, auf den Weg. Statt aber diese Reise zu vollenden, fand sie sich bei Einbruch der Nacht, unter dem Vorgeben, daß ein Gewitter heranziehe, wieder auf der Burg ein, und mittelte sich, um ihre Herrschaft, wie sie sagte, nicht zu stören, indem es ihre Absicht sei in der Frühe des kommenden Morgens ihre Wanderung anzutreten, ein Nachtlager

in einem der leerstehenden Zimmer des verödeten und wenig besuchten
Schloßturms aus. Der Graf, der sich bei dem Turmwächter durch Geld den
Eingang in die Burg zu verschaffen wußte, und in der Stunde der Mitternacht, der Verabredung gemäß, von einer verschleierten Person an der
Gartenpforte empfangen ward, ahndete, wie man leicht begreift, nichts von
dem ihm gespielten Betrug; das Mädchen drückte ihm flüchtig einen Kuß
auf den Mund, und führte ihn, über mehrere Treppen und Gänge des verödeten Seitenflügels, in eines der prächtigsten Gemächer des Schlosses
selbst, dessen Fenster vorher sorgsam von ihr verschlossen worden waren.
Hier, nachdem sie seine Hand haltend, auf geheimnisvolle Weise an den
Türen umhergehorcht, und ihm, mit flüsternder Stimme, unter dem Vorgeben, daß das Schlafzimmer des Bruders ganz in der Nähe sei, Schweigen
geboten hatte, ließ sie sich mit ihm auf dem zur Seite stehenden Ruhebette
nieder; der Graf, durch ihre Gestalt und Bildung getäuscht, schwamm im
Taumel des Vergnügens, in seinem Alter noch eine solche Eroberung gemacht zu haben; und als sie ihn beim ersten Dämmerlicht des Morgens
entließ, und ihm zum Andenken an die verflossene Nacht einen Ring, den
Littegarde von ihrem Gemahl empfangen und den sie ihr am Abend zuvor
zu diesem Zweck entwendet hatte, an den Finger steckte, versprach er ihr,
sobald er zu Hause angelangt sein würde, zum Gegengeschenk einen anderen, der ihm am Hochzeitstage von seiner verstorbenen Gemahlin verehrt
worden war. Drei Tage darauf hielt er auch Wort, und schickte diesen Ring,
den Rosalie wieder geschickt genug war aufzufangen, heimlich auf die Burg;
ließ aber, wahrscheinlich aus Furcht, daß dies Abenteuer ihn zu weit führen
könne, weiter nichts von sich hören, und wich, unter mancherlei Vorwän-
den, einer zweiten Zusammenkunft aus. Späterhin war das Mädchen eines
Diebstahls wegen, wovon der Verdacht mit ziemlicher Gewißheit auf ihr
ruhte, verabschiedet und in das Haus ihrer Eltern, welche am Rhein
wohnten, zurückgeschickt worden, und da, nach Verlauf von neun Monaten,
die Folgen ihres ausschweifenden Lebens sichtbar wurden, und die Mutter
sie mit großer Strenge verhörte, gab sie den Grafen Jakob den Rotbart,
unter Entdeckung der ganzen geheimen Geschichte, die sie mit ihm gespielt
hatte, als den Vater ihres Kindes an. Glücklicherweise hatte sie den Ring,
der ihr von dem Grafen übersendet worden war, aus Furcht, für eine Diebin
gehalten zu werden, nur sehr schüchtern zum Verkauf ausbieten können,
auch in der Tat, seines großen Werts wegen, niemand gefunden, der ihn
zu erstehen Lust gezeigt hätte: dergestalt, daß die Wahrhaftigkeit ihrer
Aussage nicht in Zweifel gezogen werden konnte, und die Eltern, auf dies
augenscheinliche Zeugnis gestützt, klagbar, wegen Unterhaltung des Kindes,
bei den Gerichten gegen den Grafen Jakob einkamen. Die Gerichte, welche

von dem sonderbaren Rechtsstreit, der in Basel anhängig gemacht worden war, schon gehört hatten, beeilten sich, diese Entdeckung, die für den Ausgang desselben von der größten Wichtigkeit war, zur Kenntnis des Tribunals zu bringen; und da eben ein Ratsherr in öffentlichen Geschäften nach dieser Stadt abging, so gaben sie ihm, zur Auflösung des fürchterlichen Rätsels, das ganz Schwaben und die Schweiz beschäftigte, einen Brief mit der gerichtlichen Aussage des Mädchens, dem sie den Ring beifügten, für den Grafen Jakob den Rotbart mit.

Es war eben an dem zur Hinrichtung Herrn Friedrichs und Littegardens bestimmten Tage, welche der Kaiser, unbekannt mit den Zweifeln, die sich in der Brust des Grafen selbst erhoben hatten, nicht mehr aufschieben zu dürfen glaubte, als der Ratsherr zu dem Kranken, der sich in jammervoller Verzweiflung auf seinem Lager wälzte, mit diesem Schreiben ins Zimmer trat. »Es ist genug!« rief dieser, da er den Brief überlesen, und den Ring empfangen hatte: »ich bin das Licht der Sonne zu schauen, müde! Verschafft mir«, wandte er sich zum Prior, »eine Bahre, und führt mich Elenden, dessen Kraft zu Staub versinkt, auf den Richtplatz hinaus: ich will nicht, ohne eine Tat der Gerechtigkeit verübt zu haben, sterben!« Der Prior, durch diesen Vorfall tief erschüttert, ließ ihn sogleich, wie er begehrte, durch vier Knechte auf ein Traggestell heben; und zugleich mit einer unermeßlichen Menschenmenge, welche das Glockengeläut um den Scheiterhaufen, auf welchem Herr Friedrich und Littegarde bereits festgebunden waren, versammelte, kam er, mit dem Unglücklichen, der ein Kruzifix in der Hand hielt, daselbst an. »Halt!« rief der Prior, indem er die Bahre, dem Altan des Kaisers gegenüber, niedersetzen ließ: »bevor ihr das Feuer an jenen Scheiterhaufen legt, vernehmt ein Wort, das euch der Mund dieses Sünders zu eröffnen hat!« – Wie? rief der Kaiser, indem er sich leichenblaß von seinem Sitz erhob, hat das geheiligte Urteil Gottes nicht für die Gerechtigkeit seiner Sache entschieden, und ist es, nach dem was vorgefallen, auch nur zu denken erlaubt, daß Littegarde an dem Frevel, dessen er sie geziehen, unschuldig sei? – Bei diesen Worten stieg er betroffen vom Altan herab; und mehr denn tausend Ritter, denen alles Volk, über Bänke und Schranken herab, folgte, drängten sich um das Lager des Kranken zusammen. »Unschuldig«, versetzte dieser, indem er sich gestützt auf den Prior, halb darauf emporrichtete: »wie es der Spruch des höchsten Gottes, an jenem verhängnisvollen Tage, vor den Augen aller versammelten Bürger von Basel entschieden hat! Denn er, von drei Wunden, jede tödlich, getroffen, blüht, wie ihr seht, in Kraft und Lebensfülle; indessen ein Hieb von seiner Hand, der kaum die äußerste Hülle meines Lebens zu berühren schien, in langsam fürchterlicher Fortwirkung den Kern desselben selbst getroffen, und meine Kraft, wie der

Sturmwind eine Eiche, gefällt hat. Aber hier, falls ein Ungläubiger noch Zweifel nähren sollte, sind die Beweise: Rosalie, ihre Kammerzofe, war es, die mich in jener Nacht des heiligen Remigius empfing, während ich Elender in der Verblendung meiner Sinne, sie selbst, die meine Anträge stets mit Verachtung zurückgewiesen hat, in meinen Armen zu halten meinte!« Der Kaiser stand erstarrt wie zu Stein, bei diesen Worten da. Er schickte, indem er sich nach dem Scheiterhaufen umkehrte, einen Ritter ab, mit dem Befehl, selbst die Leiter zu besteigen, und den Kämmerer sowohl als die Dame, welche letztere bereits in den Armen ihrer Mutter in Ohnmacht lag, loszubinden und zu ihm heranzuführen. »Nun, jedes Haar auf eurem Haupt bewacht ein Engel!« rief er, da Littegarde, mit halb offner Brust und entfesselten Haaren, an der Hand Herrn Friedrichs, ihres Freundes, dessen Knie selbst, unter dem Gefühl dieser wunderbaren Rettung, wankten, durch den Kreis des in Ehrfurcht und Erstaunen ausweichenden Volks, zu ihm herantrat. Er küßte beiden, die vor ihm niederknieten, die Stirn; und nachdem er sich den Hermelin, den seine Gemahlin trug, erbeten, und ihn Littegarden um die Schultern gehängt hatte, nahm er, vor den Augen aller versammelten Ritter, ihren Arm, in der Absicht, sie selbst in die Gemächer seines kaiserlichen Schlosses zu führen. Er wandte sich, während der Kämmerer gleichfalls statt des Sünderkleids, das ihn deckte, mit Federhut und ritterlichem Mantel geschmückt ward, gegen den auf der Bahre jammervoll sich wälzenden Grafen zurück, und von einem Gefühl des Mitleidens bewegt, da derselbe sich doch in den Zweikampf, der ihn zugrunde gerichtet, nicht eben auf frevelhafte und gotteslästerliche Weise eingelassen hatte, fragte er den ihm zur Seite stehenden Arzt: ob keine Rettung für den Unglücklichen sei? – »Vergebens!« antwortete Jakob der Rotbart, indem er sich, unter schrecklichen Zuckungen, auf den Schoß seines Arztes stützte: »und ich habe den Tod, den ich erleide, verdient. Denn wißt, weil mich doch der Arm der weltlichen Gerechtigkeit nicht mehr ereilen wird, ich bin der Mörder meines Bruders, des edeln Herzogs Wilhelm von Breysach: der Bösewicht, der ihn mit dem Pfeil aus meiner Rüstkammer niederwarf, war sechs Wochen vorher, zu dieser Tat, die mir die Krone verschaffen sollte, von mir gedungen!« – Bei dieser Erklärung sank er auf die Bahre zurück und hauchte seine schwarze Seele aus. »Ha, die Ahndung meines Gemahls, des Herzogs, selbst!« rief die an der Seite des Kaisers stehende Regentin, die sich gleichfalls vom Altan des Schlosses herab, im Gefolge der Kaiserin, auf den Schloßplatz begeben hatte: »mir noch im Augenblick des Todes, mit gebrochenen Worten, die ich gleichwohl damals nur unvollkommen verstand, kundgetan!« – Der Kaiser versetzte in Entrüstung: so soll der Arm der Gerechtigkeit noch deine Leiche ereilen!

nehmt ihn, rief er, indem er sich umkehrte, den Häschern zu, und übergeht
ihn gleich, gerichtet wie er ist, den Henkern: er möge, zur Brandmarkung
seines Andenkens, auf jenem Scheiterhaufen verderben, auf welchem wir
eben, um seinetwillen, im Begriff waren, zwei Unschuldige zu opfern! Und
damit, während die Leiche des Elenden in rötlichen Flammen aufprasselnd,
vom Hauche des Nordwindes in alle Lüfte verstreut und verweht ward,
führte er Frau Littegarden, im Gefolge aller seiner Ritter, auf das Schloß.
Er setzte sie, durch einen kaiserlichen Schluß, wieder in ihr väterliches Erbe
ein, von welchem die Brüder in ihrer unedelmütigen Habsucht schon Besitz
genommen hatten; und schon nach drei Wochen ward, auf dem Schlosse
zu Breysach, die Hochzeit der beiden trefflichen Brautleute gefeiert, bei
welcher die Herzogin Regentin, über die ganze Wendung, die die Sache
genommen hatte, sehr erfreut, Littegarden einen großen Teil der Besitzungen
des Grafen, die dem Gesetz verfielen, zum Brautgeschenk machte. Der
Kaiser aber hing Herrn Friedrich, nach der Trauung, eine Gnadenkette um
den Hals; und sobald er, nach Vollendung seiner Geschäfte mit der Schweiz,
wieder in Worms angekommen war, ließ er in die Statuten des geheiligten
göttlichen Zweikampfs, überall wo vorausgesetzt wird, daß die Schuld dadurch unmittelbar ans Tageslicht komme, die Worte einrücken: »wenn es
Gottes Wille ist«.

Biographie

<table>
<tr><td>1777</td><td>18. Oktober: Bernd Wilhelm Heinrich von Kleist wird in Frankfurt an der Oder als Sohn des preußischen Offiziers Joachim Friedrich von Kleist und seiner zweiten Frau Juliane Ulrike, geb. von Pannwitz, geboren.</td></tr>
<tr><td>1788</td><td>Juni: Tod des Vaters.
Kleist wird von dem Prediger und Übersetzer Samuel Henri Catel in Berlin unterrichtet (bis 1792).</td></tr>
<tr><td>1792</td><td>Juni: Kleist tritt als Gefreiter-Korporal in das Garderegiment Potsdam ein.</td></tr>
<tr><td>1793</td><td>Februar: Tod der Mutter.
März: Kleist nimmt als Soldat am Rheinfeldzug der feudalen Koalition gegen die französische Republik teil (bis 1795).</td></tr>
<tr><td>1795</td><td>Juni: Nach dem Baseler Sonderfrieden zwischen Preußen und Frankreich kehrt Kleist nach Potsdam zurück.</td></tr>
<tr><td>1797</td><td>März: Kleist wird zum Leutnant befördert.
Beginn der lebenslangen Freundschaft mit Ernst von Pfuel. Zusammen mit dem Freund J. J. Otto August Rühle von Lilienstern unternimmt Kleist eine Reise in den Harz.
Kleist beginnt mit autodidaktischen Studien in Mathematik, Philosophie und Musik und beschäftigt sich intensiv mit den Schriften Christoph Martin Wielands.
Freundschaft mit der Cousine Marie von Kleist und der zum Hofadel gehörenden Adolphine von Werdeck. Schwärmerische Liebe zu Luise von Linckersdorf.</td></tr>
<tr><td>1799</td><td>April: Abschied vom Militär
Kleist immatrikuliert sich an der Universität in Frankfurt an der Oder zum Studium der Rechtswissenschaften, nebenbei besucht er Vorlesungen in den Fächern Philosophie, Mathematik und Physik.
Freundschaft und Verlobung mit Wilhelmine von Zenge, der Tochter des Ortskommandanten.</td></tr>
<tr><td>1800</td><td>August: Kleist bricht das Studium ab und kehrt nach Berlin zurück.
Würzburger Reise mit dem Freund Brockes.
Es entsteht ein Entwurf der Tragödie »Familie Ghonorez«, die später unter dem Titel »Familie Schroffenstein« veröffentlicht wird. Plan zum Drama »Penthesilea«.
Kleist liest Jean-Jacques Rousseaus pädagogischen Roman »Emile oder über die Erziehung« sowie Schillers »Don Carlos, Infant von</td></tr>
</table>

Spanien« und »Wallenstein«.

November: Er erhält eine Anstellung als Volontär im preußischen Wirtschaftsministerium in Berlin.

1801 *März:* Die Lektüre von Kants Schriften »Kritik der reinen Vernunft« und »Kritik der Urteilskraft« löst eine schwere Krise aus.

April: Kleist reist mit seiner Schwester Ulrike über Dresden (Freundschaft mit den Schlieben-Schwestern), Halberstadt (Besuch bei Johann Wilhelm Ludwig Gleim), Göttingen, Mainz und Straßburg nach Paris.

Juli-November: Aufenthalt in Paris.

Die erste Fassung der Erzählung »Die Verlobung in San Domingo« entsteht (gedruckt 1811 im 2. Band der »Erzählungen«).

November: Rückreise nach Frankfurt am Main.

Reise in die Schweiz.

Umgang mit Heinrich Zschokke, Johann Daniel Falk, Heinrich Geßner und Ludwig Wieland, dem Sohn Christoph Martin Wielands.

1802 *Februar:* Kleist bezieht eine Wohnung auf einer Aare-Insel bei Thun.

Arbeit an den Dramen »Der zerbrochene Krug« und »Robert Guiskard, Herzog der Nordmänner« (erscheint 1808 in der Zeitschrift »Phöbus«).

Fertigstellung der Tragödie »Familie Schroffenstein«.

Mai: Bruch mit Wilhelmine von Zenge.

Juli: Rückkehr nach Bern.

Kleist liest Freunden sein Erstlingsdrama »Die Familie Schroffenstein« vor; die pessimistische Tragödie erntet im fünften Akt stürmisches Gelächter.

Juli/August: Schwere Krankheit Kleists.

Oktober: Reise nach Weimar zusammen mit der Schwester Ulrike und Ludwig Wieland.

1803 *Januar-März:* Aufenthalt auf dem Gut Oßmannstedt von Christoph Martin Wieland in der Nähe von Weimar.

Luise, die dreizehnjährige Tochter Wielands, verliebt sich in Kleist.

Kleist liest das Fragment »Robert Guiskard, Herzog der Nordmänner« vor und empfängt großes Lob von Wieland.

»Die Familie Schroffenstein« erscheint.

Reise nach Leipzig und Dresden, wo er Umgang mit Henriette von Schlieben pflegt.

Selbstmordpläne.

Juli: Reise nach Bern, Mailand, Genf und Paris.

Mit dem Plan, in die französische Armee einzutreten, reist Kleist weiter nach Boulogne-sur-Mer.

Körperlicher und seelischer Zusammenbruch nach seiner Rückkehr nach Paris.

November: Kleist kehrt nach Deutschland zurück.

1804 *Januar-Juni:* Aufenthalt in Mainz, wo er von dem Arzt und Schriftsteller Georg Wedekind behandelt wird.

Kleists Tragödie »Die Familie Schroffenstein« wird am Nationaltheater in Graz uraufgeführt.

Juni: Rückkehr nach Berlin.

Kleist erhält eine Audienz bei dem Adjutanten von Köckeritz im Charlottenburger Schloss, wo er sich um eine staatliche Anstellung bemüht.

September: Wiedereintritt in den preußischen Staatsdienst.

1805 Kleist arbeitet im preußischen Finanzministerium.

Mit dem Lustspiel »Der zerbrochene Krug« stellt er ein weiteres Drama fertig.

Mai: Kleist erhält eine Anstellung in Königsberg als Diätar der Domänenkammer.

Er beginnt ein Studium der Kameralwissenschaft an der Universität Königsberg bei Christian Jakob Kraus. Das Interesse für politische Ökonomie veranlasst ihn zur Lektüre der Abhandlung »Untersuchung über die Natur und die Ursachen des Nationalreichtums« (1776) von Adam Smith.

Wiedersehen mit Wilhelmine von Zenge. Kleist arbeitet an den Erzählungen »Michael Kohlhaas« und »Die Marquise von O...« sowie an den Dramen »Penthesilea« und »Amphitryon«.

1806 *August:* Kleist erhält Krankenurlaub und geht fünf Wochen zur Kur nach Pillau.

Endgültige Aufgabe der Beamtenlaufbahn.

1807 *Januar:* Kleists Versuch, nach Berlin zurückzukehren, wird durch den militärischen Zusammenbruch Preußens im Oktober 1806 erschwert.

Februar: Kleist gerät in französische Gefangenschaft.

März: Ankunft in Fort de Joux.

April: Kleist wird im Kriegsgefangenenlager Chálons-sur-Marne interniert.

»Amphitryon, ein Lustspiel nach Molière« erscheint.

Goethe lehnt die Verquickung des Christlich-Mystischen mit dem

Antiken und Komischen in »Amphitryon« ab.

Juli: Kleist wird aus der Gefangenschaft entlassen und tritt die Rückreise nach Deutschland an.

August: Nach kurzem Aufenthalt in Berlin kommt Kleist in Dresden an.

Die Erzählung »Jeronimo und Josephe. Eine Szene aus dem Erdbeben zu Chili vom Jahre 1647« erscheint im »Morgenblatt für gebildete Stände«, sie erhält später den Titel »Das Erdbeben in Chili«.

Umgang mit Christian Gottfried Körner, Adam Müller, Sophie von Haza, Gotthilf Friedrich Schubert, Baron von Buol und Ludwig Tieck im literarischen Salon von Rahel und Karl August Varnhagen. Kurze Liaison mit Julie Kunze. Kleist beendet die Arbeit an der Tragödie »Penthesilea« und schließt das historische Ritterschauspiel »Käthchen von Heilbronn oder Die Feuerprobe« ab.

1808 Zusammen mit Adam Müller beginnt Kleist mit der Herausgabe der Monatsschrift »Phöbus. Ein Journal für die Kunst« (bis Dezember 1808).

Teile von Kleists Schriften werden im »Phöbus« gedruckt (»Penthesilea«, »Robert-Guiskard-Fragment«, »Michael Kohlhaas«).

In einem Brief lehnt Goethe die Tragödie »Penthesilea« wegen ihrer theaterwidrigen Form ab.

März: Die Uraufführung des Lustspiels »Der zerbrochene Krug« am Hoftheater in Weimar wird zu einem Misserfolg, nicht zuletzt wegen Goethes Bearbeitung des Dramas.

»Penthesilea« erscheint.

April: Die Monatsschrift »Phöbus« gerät in Finanzschwierigkeiten.

Dezember: Kleist stellt sein Drama »Die Hermannsschlacht« fertig (erscheint erst 1821 in den »Hinterlassenen Schriften«).

1809 Mit großer Begeisterung liest Kleist den patriotischen Schriftsteller und Publizisten Ernst Moritz Arndt.

April: Kleist gerät wegen des Scheiterns des »Phöbus« in Streit mit Adam Müller.

Reise nach Österreich und Prag zusammen mit Friedrich Christoph Dahlmann.

Mai: Nach der Besichtigung des Schlachtfeldes bei Aspern wird Kleist vorübergehend festgenommen.

Kleist plant, unter dem Namen »Germania« eine politische Wochenzeitschrift mit nationaler Tendenz in Österreich herauszugeben, sein Gesuch um Genehmigung wird jedoch von den Behörden ignoriert.

Juni-Oktober: Aufenthalt in Prag.

Schwere Krankheit.

November: Reise nach Frankfurt an der Oder.

1810 *Januar:* Rückkehr nach Berlin

Umgang mit Adam Müller, Achim von Arnim, Clemens Brentano, Bernhard Anselm Weber, Friedrich de la Motte Fouqué, Rahel und Karl August Varnhagen in der Christlich-Deutschen Tischgesellschaft.

März: Kleist schreibt ein Geburtstagsgedicht an Königin Luise.

»Das Käthchen von Heilbronn oder Die Feuerprobe« wird in Wien uraufgeführt.

Bekanntschaft mit dem Verleger Georg Andreas Reimer.

Der erste Band von Kleists »Erzählungen« (»Das Erdbeben in Chili«, »Die Marquise von O...«, »Michael Kohlhaas«) erscheint.

Oktober: Die erste Ausgabe der von Kleist herausgegebenen Tageszeitung »Berliner Abendblätter«, in der er selbst einige Erzählungen und Anekdoten veröffentlicht, erscheint.

»Das Käthchen von Heilbronn oder Die Feuerprobe« wird veröffentlicht.

Kleist bemüht sich um staatliche Unterstützung für die »Berliner Abendblätter«.

1811 »Der zerbrochene Krug« erscheint.

März: Die letzte Ausgabe der »Berliner Abendblätter« wird gedruckt.

Juni: Kleist beendet sein Schauspiel »Prinz Friedrich von Homburg« (erscheint 1821 in den »Hinterlassenen Schriften«).

Der zweite Band von Kleists »Erzählungen« (»Die Verlobung in San Domingo«; »Das Bettelweib von Locarno«; »Der Findling«; »Die heilige Cäcilie oder die Gewalt der Musik«; »Der Zweikampf«) kommt heraus.

Umgang mit Marie von Kleist, August Graf Neithart von Gneisenau und Henriette Vogel.

September: Kleist wird die Wiedereinstellung als Offizier in Aussicht gestellt.

21. November: Freitod Kleists am Kleinen Wannsee bei Berlin, gemeinsam mit Henriette Vogel.